DU MÊME AUTEUR

Aux Éditions Gallimard

LE VIEIL HOMME ET LA MORT, 1996 (« Folio », *n° 2972*).

MORT D'UN BERGER, 2002 (« Folio », *n° 3978*).

L'ABATTEUR, 2003 (« La Noire » ; « Folio policier », *n° 410*).

L'AMÉRICAIN, 2004. Prix du Témoignage biographique 2004 (« Folio », *n° 4343*).

Aux Éditions Flammarion

LA TRAGÉDIE DU PRÉSIDENT, 2006.

L'IMMORTEL, 2007. Grand Prix littéraire de Provence.

Aux Éditions Grasset

L'AFFREUX, 1992. Grand Prix du roman de l'Académie française.

LA SOUILLE, 1995. Prix Interallié (repris dans « Folio », *n° 4682*).

LA SIEUR DIEU, 1998 (repris dans « Folio », *n° 4527*).

Aux Éditions du Seuil

FRANÇOIS MITTERRAND OU LA TENTATION DE L'HISTOIRE, 1977.

MONSIEUR ADRIEN, 1982.

JACQUES CHIRAC, 1987.

LE PRÉSIDENT, 1990.

LA FIN D'UNE ÉPOQUE, 1993 (*Fayard-Seuil*).

FRANÇOIS MITTERRAND, UNE VIE, 1996.

LE HUITIÈME PROPHÈTE

OU

LES AVENTURES EXTRAORDINAIRES D'AMROS LE CELTE

FRANZ-OLIVIER GIESBERT

LE HUITIÈME PROPHÈTE

OU
LES AVENTURES EXTRAORDINAIRES D'AMROS LE CELTE

roman

nrf

GALLIMARD

AVERTISSEMENT

Après la mort de mon père, j'ai passé des heures dans sa bibliothèque, comme pour rattraper le temps perdu à ne pas lui parler. C'est ainsi que je suis tombé sur *La grande aventure de l'humanité*, la somme de l'historien des civilisations Arnold Toynbee. Un livre qui, à la façon de l'Écclésiaste, vous remet à votre place, dans le grand souffle du monde. Depuis, il m'accompagne.

Je me souviens comme hier du choc que j'éprouvai en lisant, pour la première fois, le chapitre 25, intitulé « Nouveaux départs de la vie spirituelle », quand j'avais découvert que Zarathoustra, Bouddha, Confucius et Pythagore étaient tous contemporains. Par la suite, j'ai fait des recherches sur cette période et trouvé encore d'autres noms. C'est ainsi qu'ont commencé à trotter dans ma tête les premières bribes de l'histoire qui suit.

Rien ni personne ne me convaincra du contraire : même si je me suis autorisé toutes les libertés avec l'Histoire, jusque dans les anachronismes, ces aventures d'Amros le Celte se sont déroulées à peu près comme je le dis, avec tous ces personnages extraordinaires apparus en même temps, aux quatre coins du monde, pour dire les mêmes choses qui, si longtemps après, restent aussi actuelles.

Prologue

Les jours où la mort a frappé, souvent, tout semble faux. Les bruits, les couleurs. Même l'air que l'on respire. On se dit que le monde est une erreur et on cherche à revenir en arrière, quand tout allait bien.

Voici un jour de ce genre. Il resplendit de toute la beauté du monde avec les feuilles et les herbes qui s'étirent sous les baisers du soleil, tandis que le ciel frémit d'oiseaux de toutes sortes. La forêt s'est arrêtée de bouger. Elle ne parle plus. Elle a peur.

La forêt a entendu la mort à l'œuvre depuis le matin et les cris d'épouvante qu'elle arrachait à ses proies résonnent encore dans ses branchages, longtemps après qu'ils ont été poussés. Ils se sont glissés dans les plis du vent et hanteront à jamais les bois.

Un casque à corne de bœuf posé à ses pieds, Amros a la tête pleine de ces cris et son cœur bat très fort. De taille moyenne, les cheveux noirs, la moustache fournie, il a vingt hivers puisqu'on calcule en hivers l'âge au royaume des Chênes noirs, son pays. C'est un bel homme aux traits réguliers, avec des cils allongés de jeune fille. Avec ça, tout en muscles. Les biceps et les mollets semblent taillés pour la guerre ou la chasse. Il est né méfiant. Ses yeux vert-de-gris, légèrement plissés, fouillent continuellement les futaies et les fourrés. Au front, il a une grosse plaie qu'il a tartinée d'une bouillie brunâtre. Malgré ça, son visage reste empreint d'une légère ironie : des petites rides sourient aux coins de ses lèvres et de ses yeux. D'ordinaire, il prend un peu tout à la farce.

Pas aujourd'hui, bien sûr. Il appuie son dos contre le tronc moussu d'un hêtre et cherche à contrôler sa respiration. Mais il a trop couru. Il est tout en eau et sent le lapin. L'urine de lapin, pour être précis. C'est bien l'odeur qu'exhalent ses aisselles, nouvelle confirmation que l'homme et le lapin sont, comme il l'a toujours pensé, de la même famille. Avec le cochon, pour la bestialité.

Il a d'ailleurs détalé comme un lapin pour échapper aux guerriers qui l'ont poursuivi dans la forêt, une partie de la journée. Six hommes armés de glaives, de lances et de javelots. Ils hurlaient, comme des loups, en faisant craquer sous leurs pas les branches et les feuilles mortes. Même si Amros ne les entend plus, il reste sur le qui-vive.

La peur fatigue. Il laisse glisser son dos le long du tronc et finit par s'asseoir. Il a toujours dans la tête les braillements de sa femme à qui l'un des assaillants du village voulait arracher leur dernier-né. Des cris de fin du monde. Tandis qu'ils retentissent sous son crâne, il a de plus en plus envie de dormir. Le sommeil est encore la meilleure façon de fuir. La plus douce. Il ferme les yeux et se dit qu'il dormirait bien jusqu'à sa mort pour ne se réveiller qu'après.

Il y a des vies qu'il vaut mieux passer à dormir. Sinon, elles seraient trop dures à supporter. Seul sur la terre, comme un ver après l'orage, sans femme ni enfant ni roi, Amros ne songe plus qu'à se retrancher de tout, y compris de lui-même et le sommeil descend en lui, goutte à goutte, jusqu'à la culbute finale qui, avec son bruit d'éboulis, le précipitera hors du monde.

1

« Les Cavares ! »

C'est ce qu'avait crié le roi Zoris lorsque, depuis son palais, il avait vu les guerriers déferler par-dessus les palissades et envahir la cité. Mais qu'en savait-il ? Ç'aurait pu être tout aussi bien des Boïens, des Insubres, des Tricastins, des Bituriges, des Segusiaves ou, pis, des Allobroges. N'importe comment, c'étaient de sales bêtes. Des Celtes, sans doute, mais de sales bêtes.

Le roi Zoris n'eut pas le temps d'en dire davantage : il tomba aussitôt, la bouche en o, un peu de mousse rosâtre aux commissures. On aurait dit qu'il avait reçu un coup de maillet sur la tête. Ses jambes repoussèrent la mort un instant, comme les pattes de la chèvre que l'on saigne, et puis plus rien. Il venait de mourir du mal des gros, quand une foudre de sang frappe le dedans de leur poitrine et les pétrifie à jamais.

En un sens, ça valait mieux. Ceux qu'il appelait les Cavares tuèrent à peu près tous les mâles, ce jour-là, avant de piller les trésors du royaume, si l'on peut dire royaume. Pour cela, il eût fallu un roi, un vrai. Or Zoris n'était qu'une baderne ventrue qui cherchait à tirer profit de tout et dont les sujets ne songeaient qu'à se débarrasser, ces temps-ci. Il avait l'âge où l'on est responsable de son visage et le sien le trahissait, avec sa peau grenée et ses plaques violettes de vieux viveur. Alors que les dernières récoltes avaient été très mauvaises, il continuait à mener grand train, avec un sourire satisfait aux lèvres.

La cupidité n'ayant jamais fait bon ménage avec la misère, le roi se savait menacé par son peuple. Il se voyait déjà noyé dans une cuve de bière, grillé dans un feu de joie ou suspendu, écorché, à une branche d'arbre, comme les monarques celtes que leurs sujets ont répudiés. Réfugié dans l'exercice solitaire du pouvoir et ne supportant plus rien, pas même l'approbation, il n'avait confiance en personne. Sauf en Amros.

C'est seulement avec soi qu'on est vraiment soi-même. Sinon, en société surtout, on est toujours quelqu'un d'autre. Menteur et flatteur-né, Amros pouvait jouer toutes sortes de personnages avec ses interlocuteurs. Une disposition dont il se servait pour plaire aux puissants. À Zoris, notamment.

Depuis plusieurs saisons, Amros était l'amant du roi, son serviteur, son conseiller politique, son garde du corps et son désopilant bouffon. Les cinq en un. Zoris était épaté par sa force colossale qu'il avait vue à l'œuvre lors de plusieurs combats avec des brigands ou dans des chasses aux sangliers que son favori finissait à l'épieu, lors de sanglants corps-à-corps. Il aimait aussi ses blagues, bien qu'elles fussent répétitives, et lui pardonnait volontiers son penchant pour le vin. On pardonne toujours ses propres vices aux autres.

Le roi Zoris buvait beaucoup. De tout. De la bière, de l'hydromel, du vin aux épices. Il buvait pour son travail, prétendait-il. Toujours dans un état second qu'il appelait l'ivresse sacrée, il assurait qu'elle lui permettait d'aller au-delà du monde et de conférer avec les dieux afin de transmettre leurs consignes à son peuple. Mais il les entendait de plus en plus mal, les dieux. Pour sa défense, il disait qu'ils étaient très fatigués et souffraient d'une extinction de voix.

Après une longue décadence, son peuple était épuisé. Encore que la nuit, parfois, ses forces revenaient, ce qui assurait au moins la reproduction.

Quelques olibrius, forts en gueule, s'étaient élevés contre ce laisser-aller. Ils avaient exhorté le royaume à l'effort. Comme ils ne se lassaient pas de dégoiser, on les tua. Leur parlage troublait la digestion du souverain, sa principale activité. Car il prenait sept repas par jour, parfois davantage. Si son peuple n'avait été très pauvre, il aurait passé sa vie à manger. Il était trop plein de peur et d'amour : manger le rassurait et le transportait en même temps. C'était comme une religion.

Considérant que le royaume des Chênes noirs et, surtout, son monarque couraient à leur perte si rien ne changeait, Zoris avait confié une mission à son homme de main pour rétablir le dialogue avec les dieux : Amros fut chargé d'observer de près les peuples du voisinage et de lui faire des recommandations.

« Tu me diras si les dieux se portent mieux chez eux, expliqua le roi à Amros, et si oui, comment ils font pour les maintenir en forme. »

Le travail rêvé pour Amros. Il était affligé, depuis la petite enfance, d'une curiosité maladive. Il avait besoin de savoir. Pas le temps qu'il ferait le lendemain, ni ce qu'il y avait au repas du soir, non, mais où allait l'espèce humaine et d'où elle venait, si jamais elle venait de quelque part.

Quand il était petit et qu'on lui demandait ce qu'il voudrait faire plus tard, il ne répondait pas roi, paysan, potier ou guerrier, mais chercheur de vérité.

« Attention, lui avait dit son père. Je suis sûr que c'est très dangereux comme métier. Tu risques de te faire tuer à tout instant : les gens accepteront que tu cherches la vérité, mais jamais que tu la trouves. »

Même s'il semblait avoir changé de voie, Amros continuait à la chercher. Il était du genre à dire de but en blanc, en cueillant des champignons, que les morts vivaient et qu'il en avait la preuve : les vivants mouraient. Ou bien, en coupant du bois, que si les dieux existaient, il ne faudrait pas leur pardonner ce qu'ils font subir aux humains. Il réfléchissait à peu près autant qu'il respirait. C'est pourquoi il avait souvent l'air si distrait.

Tout le monde a une double vie. Il y a la vie apparente, celle que l'on voit de l'extérieur, et puis la vraie, au-dedans de soi où l'on fait à peu près ce que l'on veut. La nuit, surtout, dans la tête.

Amros méditait beaucoup et rêvassait tout autant. C'est cette double vie qui lui permettait de supporter l'existence.

2

Le roi Zoris n'aimait pas se séparer trop longtemps d'Amros : une émeute est si vite arrivée. Mais, cette année-là, les récoltes s'annonçaient exceptionnellement bonnes. C'est tout juste si les blés ne ployaient pas sous leurs épis. Tout à ses moissons, le peuple ne songerait pas à renverser son souverain. En outre, il avait perdu l'habitude de travailler. Il fallait en profiter.

Amros avait décidé de commencer son enquête par le royaume des Sangliers rouges, de l'autre côté du fleuve. Là encore, il était très exagéré de parler de royaume : la prétendue cité se résumait à un amas de maisons en bois et en terre sèche, traversé par un ruisseau et entouré de fortifications.

À l'époque, la Gaule, même si ce n'était pas encore son nom, était un pays où tout le monde était roi, plus ou moins. Le pays des mille et cent rois. Il y en avait, paraît-il, autant que de fromages, de dialectes ou de sujets de zizanie. Sauf qu'au royaume des Sangliers rouges le monarque était une reine. C'étaient des Ligures. Des originaux.

Quand il se présenta à la porte de la cité, Amros fut emmené sans ménagement dans une pièce qui sentait le rat crevé. En l'absence de traducteur, il avait été incapable d'expliquer à ses interlocuteurs ce qu'il était venu faire chez eux. Il ne fut libéré que le soir, après avoir révélé ses intentions à un vieil homme qui parlait sa langue. C'était le sage du royaume. Une sorte d'oiseau déplumé, à peau verte : il ne se nourrissait que de soupes d'orties.

Quand Amros évoqua devant lui les inquiétudes que donnaient les dieux au royaume des Chênes noirs, le vieil homme lui confia que la cité ligure avait les mêmes. Depuis quelque temps, ils ne répondaient plus. On aurait dit qu'ils étaient partis.

« C'est quand même bizarre, dit Amros, qu'ils aient disparu comme ça.

— C'est le temps, observa le vieux sage.

— Je ne crois pas. On a un bel été, pour une fois. Ils devraient en profiter.

— Souvent, je me dis qu'on ne doit pas bien s'y prendre, avec eux. On ne sait plus leur parler.

— C'est peut-être eux qui n'ont plus envie de nous entendre.

— Je me dis aussi que nous sommes au fond du trou et qu'ils n'ont pas envie de nous voir dans cet état. »

Le vieux sage emmena Amros à un festin en présence de la reine, une grande gigue avec des cernes mauves, une bouche sans lèvre et un air revêche. Elle semblait s'ennuyer à mourir, au milieu des siens qui se goinfraient d'un verrat cuit à la broche. Ils mangeaient comme des chiens, les crocs en avant, les lèvres baveuses et la gueule lustrée de graisse. Pour tuer le temps, elle engagea la conversation avec Amros qu'on avait assis à côté d'elle. Sa voix de mouette avait quelque chose de querelleur.

C'est le vieux sage qui traduisait. La reine expliqua d'abord que les Ligures étaient un peuple pacifique à cause du rôle que jouaient les femmes, elle la première, avant d'évoquer l'épidémie qui avait frappé les lapins de la région, pour le plus grand malheur de son quotidien, car elle avait un faible pour cette viande. Celle du lapin, précisa-t-elle, pas celle du lièvre à laquelle, bien sûr, elle ne touchait pas, pour respecter la tradition. Elle évoqua ensuite plusieurs sujets comme le temps, l'insécurité, les récoltes.

Elle en était arrivée au manque d'éducation des nouvelles générations qui osent répondre à leurs parents quand le silence se fit autour de la table.

Toutes les têtes se tournèrent vers une jeune fille qui venait de se lever. Sans la grosse balafre violette qui lui barrait la joue droite, ç'aurait été la fleur des fleurs du royaume avec sa bouche à baiser, son regard franc et son front pur. Amros en tomba amoureux sur-le-champ. Il est vrai qu'il tombait souvent amoureux.

La jeune fille, tout sourire, tenait un vase rempli de

vin. Elle effectua un tour, puis un second, autour de la table avant de s'arrêter devant Amros.

Elle lui offrit le vase, sous les cris de joie de la tablée.

« Elle vient de te choisir pour mari, dit le vieux sage.

— Sans me demander mon avis ?

— C'est comme ça chez nous : la jeune fille décide, l'homme s'exécute.

— Mais je suis déjà marié !

— Tant mieux pour toi. On n'a jamais trop de femmes, dans la vie. »

La reine céda sa place à la jeune fille qui le dévorait des yeux, sans piper mot, comme si elle regardait une viande en train de cuire. Amros n'était plus du tout amoureux. Il ne songeait plus qu'à s'enfuir, ce qu'il fit plus tard dans la nuit. Il courut longtemps, sous la pleine lune, en roulant de grands yeux terrorisés, comme l'enfant qui a vu le loup.

3

Quand il revint au royaume des Chênes noirs, Amros aimait sa femme comme jamais. Il l'aimait toujours plus chaque fois qu'il l'avait trompée, même lorsque ce n'était qu'en pensée. La culpabilité est le meilleur allié de l'amour. Elle le répare, l'attise ou l'exalte.

En l'espèce, elle l'exalta. Quand il la retrouva, Amros déclara sa flamme à son épouse avec les mots les plus beaux du royaume. Lorsqu'il lui dit qu'il ne pourrait vivre sans elle, Aure fondit en larmes. Elle pleurait volontiers quand elle était heureuse.

C'était une belle jeune femme aux yeux plissés, d'une nature rieuse, avec un nez fouineur, une peau laiteuse, des cheveux châtains et une voix gloussante. Elle avait deux bébés, un pour chaque bras, le plus grand dans le droit, bien sûr. Mais, comme en témoignait sa bosse au ventre, elle avait encore le mal de neuf mois et, franchement, ça commençait à bien faire : elle n'avait pas trois bras.

Aure était la preuve qu'il n'y a pas de beauté sans défaut : une de ses incisives du haut était ébréchée. Cette dent cassée ravissait Amros.

Il aimait aussi le grain de beauté avec ses pétales noirs et avec ses deux ou trois poils en guise de pistil, qui fleurissait à la naissance de son cou.

Elle partageait son homme avec le monarque et acceptait la situation avec des sentiments mêlés, une certaine honte mais aussi la fierté de se sacrifier pour le royaume. Zoris ne supportait pas de dormir seul. Sa pauvre épouse, une grande chose maigre et jaune, avec des orbites marron, avait été reléguée dans une annexe du palais, avec ses huit enfants. Depuis longtemps, elle avait le regard des gens qui vont bientôt mourir. Sauf qu'elle ne mourait pas.

Amros dormait sur le dos, les fesses bien serrées, mais le roi le retournait certaines nuits, pendant son sommeil, pour lui donner son content. La criquon-criquette, ça n'était pas le pire. Ce qu'il abominait le plus, c'étaient les baisers royaux à l'haleine de chien pourri. En outre, pendant que l'autre le besognait, il pouvait à peine respirer sous l'auguste chair, si amoureuse qu'elle envahissait chacun de ses plis comme une compote et s'y lovait fébrilement. Le monarque était très collant.

Mais Amros était fataliste. D'autant que le roi le couvrait de cadeaux. Des bijoux, des habits, des ustensiles de cuisine qu'il apportait aussitôt à sa femme : ça faisait accepter les absences nocturnes.

Malgré ça, Amros n'aimait pas son souverain. Il lui

vouait cette haine sournoise, de tous les instants, dont seuls sont capables les esclaves et les serviteurs. Quand le roi Zoris lui demanda ce qu'il avait appris de l'étude des autres royaumes, il lui mentit, pour le faire souffrir :

« Chez les Ligures, les dieux ont l'air très heureux. Ils ont le sentiment d'être respectés.

— Parce que je ne les respecte pas, moi ?

— Ce n'est pas ce que je veux dire, majesté. Mais ils ne se sentent pas aimés, pour ce qu'il me semble.

— Ce sont eux qui ne nous aiment pas !

— Aidons-les à nous aimer.

— Et comment ? »

Amros feignit d'hésiter, puis :

« Eh bien, en devenant dignes d'estime et d'amour.

— Tu sous-entends qu'on n'en est pas dignes ?

— Loin de moi cette idée, majesté. Je crois simplement que l'on pourrait, comme les Ligures, prêter plus d'attention aux pauvres, aux malades, aux nécessiteux.

— Mais qu'est-ce qu'ils en ont à foutre, les dieux, de tous ces minables ?

— Peut-être en ont-ils plus à foutre qu'on ne le pense. Je ne vois pas ce qu'on perdrait à essayer d'être plus généreux, plus gentils. »

Le roi Zoris fut secoué d'un rire faux avant de laisser tomber :

« Si la gentillesse menait le monde, ça se saurait ! Je suis sûr que les dieux la méprisent. On ne peut pas leur donner tort. En ce qui me concerne, je peux attester qu'un prince gentil est un prince mort. Je n'ai pas envie de mourir, Amros. »

Il souffla comme un chien, puis se frotta les mains. C'était signe qu'il était très énervé et, en effet, il annonça à son serviteur qu'il envisageait de rétablir les sacrifices humains en commençant par Aure, son épouse.

« Mais elle est enceinte ! protesta Amros.

— Justement. Et je l'aime beaucoup. Si, après ça, on ne contente pas les dieux, c'est à ne plus rien y comprendre. »

4

Même s'ils font les malins, les nuits d'orage ou de tempête, les dieux sont comme tout le monde. Ils ont besoin de preuves d'amour. Il y a longtemps que le roi Zoris ne leur en avait pas donné.

Au début de son règne, il leur sacrifiait un bœuf toutes les soixante-dix-sept nuits et une chèvre à chaque lunaison. Les bêtes étaient tuées à coups de hache avant d'être jetées, telles quelles, dans la fosse du temple.

Les mouches appréciaient. Les dieux aussi. Les uns et les autres s'entendaient bien. Apparemment, les dieux ne semblaient pas indisposés par les effluves putrides qu'exhalait ce qu'on appelait, dans le royaume, le gouffre des sacrifices. C'était de la vie qu'enfantait la mort, au fond de ce trou, et ils adoraient la vie. Saignante ou bien pourrie, n'importe, la vie n'a pas d'odeur.

Sans doute les dieux auraient-ils préféré des vierges ou des bébés, comme dans d'autres royaumes, mais le roi Zoris avait mis fin aux sacrifices humains dont son prédécesseur raffolait. Des rites d'un autre âge, à l'en croire. Il n'acceptait plus de voir les prêtres ouvrir le ventre des jeunes filles au-dessus du diaphragme et prétendre lire l'avenir dans leurs convulsions ou dans leurs tripes. Il ne supportait pas davantage les décapitations et les désossements qui s'ensuivaient, devant les familles en pleurs.

Le peuple l'avait approuvé. Mais il ne comprenait pas que, depuis plusieurs hivers, le roi Zoris ait remplacé les bœufs par des petites bêtes pour les sacrifices. Même pas des lapins ni des poulets, non, des merles et des grives. Pourquoi pas des scarabées ? Ou des cloportes ? Les dieux méritaient quand même mieux. Il ne faut pas chipoter avec eux. Sinon, ils se vengent. Guerres, épidémies, pluies diluviennes, ils ont l'embarras du choix pour punir les peuples qui leur ont manqué.

Pourquoi les provoquer ? Déjà qu'Ésus, Toutatis et Taranis, les dieux celtes, n'étaient pas commodes. Des gales, toujours en quête de sang, de cervelle ou de charogne. Avec ça, de sales petites manies. Ésus, par exemple, a toujours adoré qu'on lui écorche des humains, enfants de préférence, avant de les pendre aux arbres de la forêt. Ça l'apaise, paraît-il.

Le roi Zoris avait souvent laissé entendre qu'il ne fallait pas avoir peur des dieux. Des incapables qui avaient fait leur temps. Si le climat se dégradait depuis plusieurs hivers, toujours plus humide et plus froid, ils n'y étaient pour rien. Ils ne faisaient que subir cette fin du monde ou son recommencement qui déferlait à grands flots.

À l'époque où commence cette histoire, la Provence n'était pas encore cette terre sèche, lacérée de crevasses grandes ouvertes, comme des bouches, qui semble implorer la pluie. Elle gargouillait sous les rivières qui dévalaient de la chair verte du Luberon. Elle avait trop à boire.

Souvent, on aurait dit que le ciel et la terre avaient décidé de former un seul être, comme au début de l'Univers, quand ils étaient mélangés l'un à l'autre. Ils s'embrassaient sans arrêt. Les pluies étaient leurs baisers. Les orages, leurs élans. L'air sentait le stupre. Certains jours, quand on ne les distinguait plus, au milieu des trombes d'eau, c'est qu'ils s'envoyaient en l'air.

Après qu'ils s'étaient donné du plaisir, le royaume se transformait en une espèce de soupe brune. Ça ne réussissait pas aux humains, de patauger dans ce cloaque. Mais aux dieux non plus. Le roi Zoris avait longtemps prétendu que d'autres dieux, moins voraces et moins haineux, viendraient bientôt les remplacer. Il disait qu'il sentait déjà leur présence dans la tranquillité qui, après les trombes, envahissait le ciel. Convaincu qu'ils apparaîtraient d'abord au royaume des Chênes noirs avant de répandre leur parole ailleurs, il aimait répéter que tout avait toujours commencé sur ses terres. N'était-ce pas là que naissait le soleil, chaque matin, avant d'éclairer le monde ?

Malgré les apparences, il n'était pas si sûr de lui, le roi Zoris, pour avoir décidé, après le récit d'Amros, de revenir aux sacrifices humains.

5

Le matin suivant, le prêtre du royaume vint chercher Aure, la femme d'Amros, et l'invita à s'installer avec ses enfants dans une petite maison en rondins attenante à la sienne. Elle s'exécuta sans rien dire. On ne discute pas les ordres du prêtre, même quand les dieux sont fatigués.

Elle ne savait pas pourquoi le prêtre, un vieillard chichiteux qui semblait penser avec sa barbe, l'avait emmenée avec ses enfants, et, quand Amros vint lui rendre visite, il se garda bien de le lui dire.

« C'est étrange, dit-elle. Le prêtre m'a expliqué que je ne devais plus manger que du lait, du fromage, du pain et du miel. Rien d'autre. Pas de fruit, pas de légume, pas de viande.

— C'est étrange, en effet.

— Et puis, figure-toi qu'il m'a oint le corps avec de l'huile d'olive parfumée à la verveine. C'était très agréable. »

Amros fronça les sourcils et elle lui tendit son bras pour qu'il hume :

« N'est-ce pas que ça sent bon ? »

Elle ne se doutait de rien. Elle semblait heureuse que le prêtre s'occupe d'elle alors que, jusqu'à présent, c'était toujours elle qui s'occupait des autres. Orpheline dès son plus jeune âge, elle était confiante et insouciante, comme toutes ces femmes qui n'ont jamais eu le temps d'être des enfants et qui se rattrapent, l'âge venant.

Le sacrifice était prévu pour la prochaine lunaison, dans quelques jours.

Amros se sentait coupable. Si, pour le plaisir de l'agacer, il n'avait pas fait devant lui l'éloge du royaume des Sangliers rouges, Zoris n'aurait jamais eu l'idée de relancer les sacrifices humains. Rien ne le ferait changer d'avis, maintenant. C'était une bourrique, gonflée de graisse et de vanité.

En revenant de sa première visite à Aure, Amros s'était jeté aux pieds du roi et l'avait supplié d'épargner sa femme.

« Encore heureux qu'on ne sacrifie pas tes enfants, avait répondu Zoris, après avoir secoué la tête. Ils sont tellement mignons. Ésus les adorerait. »

Amros songeait à tuer le roi et à s'enfuir avec femme et enfants. Mais où ?

En attendant, il décida de ne plus dormir, la nuit, avec Zoris.

6

Amros monta sur le plus haut chêne de la cité avec une provision d'abricots et y resta une journée entière, à califourchon sur une grosse branche.

Il était si triste qu'il ne pouvait plus penser à rien. Quand il est à l'état pur, le chagrin chasse tout de la tête, même les mauvaises pensées. Il y avait un tel vide au-dedans de lui qu'Amros se confondait avec le ciel. Il aimait se mélanger ainsi au monde.

Souvent, on n'y prête même pas attention. C'est juste une caresse sur le toit des forêts, un froufrou tendre des fourrés, à peine un battement d'ailes. Il rampe, fouine, s'insinue sous les écorces ou rase les murs, profil bas, en remuant les mauvaises herbes. À la recherche d'information, il passe tout en revue, jusqu'au gras des mousses. Et puis un jour, quand il a fait son plein, il se met à bondir et à courir dans le ciel. Il s'emballe, aboie, gémit, affole les arbres et répand à travers le monde les nouvelles qu'il a ramassées.

C'est le vent.

Rien ne l'arrête, ni les mers, ni les forêts, ni les montagnes, quand il s'agit de transmettre sur cette terre ses émois, ses colères ou ses trouvailles. Grâce à lui, tout le monde se parle et se comprend, ici-bas. Les bêtes, les plantes, les pierres et les humains. Il emporte sur son passage les sables, les graines, les feuilles ou les pensées qu'il dépose ensuite où il l'entend. Il est le lien, la langue commune, l'instrument d'échange. L'univers lui appartient.

Que disait le vent, ce jour-là ? Perché sur son chêne, Amros l'écoutait attentivement mais ne comprenait pas. Il est vrai que le vent s'exprime mal. Comme tous les timides, il a des embardées et puis de longs silences. Souvent, il ne finit pas ses phrases.

Ce jour-là, le vent racontait quelque chose à propos de ces prophètes qui se levaient au même moment, d'un même mouvement, au fond de tous les horizons, pour en finir avec les impostures et imaginer une nouvelle façon de parler à l'au-delà, sans intermédiaire, seul à seul avec l'infini. Mais Amros n'avait pas compris. Il avait juste perçu une grande douceur, celle que diffusent les brouillards bleutés qui, certains matins, nous réveillent et nous apaisent d'un même souffle.

Amros redescendit requinqué de son chêne, le ventre plein d'abricots.

7

Il savait quoi faire maintenant. Il allait fomenter une révolte. C'était facile. Il suffit de dire la vérité. Il dirait donc la vérité sur le roi Zoris, ses frasques, ses mensonges, ses trésors cachés.

C'était une spécialité celte de se payer, au sens propre, la tête des monarques avant de la promener dans la cité, sous les hulées, au bout d'une pique. Elle semblait destinée à finir comme ça, la gueule de dindon malade du roi Zoris.

Après avoir passé un moment avec sa femme qui ne se rendait compte de rien et ne tarissait pas d'éloges sur la qualité de l'accueil, Amros demanda au prêtre s'il pouvait dormir avec elle, cette nuit-là et les prochaines, jusqu'au jour du sacrifice.

« Non, répondit le prêtre. Je veux qu'elle soit pure.

— Mais elle n'est pas pure !

— Elle le redeviendra.

— C'est impossible. »

Amros s'approcha de l'oreille du prêtre et murmura :

« Elle a mangé du cheval.

— Du cheval ? répéta l'autre en roulant de grands yeux horrifiés. Sacrilège !

— Elle a mangé aussi du lièvre, de la poule et de l'oie. »

Là, Amros en avait rajouté. Le prêtre lui jeta un regard méfiant avant de secouer la tête :

« Je ne te crois pas. Tu veux la sauver. Tiens, je vais lui demander si c'est vrai.

— Elle niera.

— Tu vois que tu mens. »

Ensuite, quand Amros lui rapporta tout le mal que Zoris disait des dieux, le prêtre ne sembla pas en croire un mot. Il finit même par l'interrompre :

« Zoris a eu un passage à vide, je le reconnais, mais il est en train de redécouvrir les dieux.

— Il n'est pas sincère.

— Non, je crois qu'il a de nouveau peur des dieux. C'est ça qui nous rapproche d'eux, cette angoisse qu'on ressent de plus en plus, quand l'âge vient.

— On ne peut quand même pas dire qu'ils soient très présents, les dieux.

— C'était à cause de ces pluies qui n'arrêtaient pas. Mais ils vont revenir, si le temps continue à s'améliorer. Je le sais, je le sens.

— Mais tant qu'ils ne sont pas de retour, pourquoi sacrifier ma femme ? On pourrait attendre un peu...

— C'est vrai, observa le prêtre en caressant d'une

main pleine d'amour les frisottis de sa barbe, mais il me semble que nous leur devons un cadeau de bienvenue. À Ésus, en particulier. Jadis, il a tant fait pour nous. Ta femme, et surtout le bébé qu'elle porte, je sais que ça lui fera grand plaisir... »

Quand Amros lui demanda comment il comptait sacrifier Aure, le prêtre répondit sans se démonter :

« Comme toutes les femmes. Je l'empalerai avec un pieu enflammé, je lui couperai les seins, je lui ouvrirai le ventre et je sortirai le bébé pour le jeter dans l'eau bouillante. »

Amros se sentait défaillir. Il toussota, remua les pieds et se gratta la tête pour reprendre le contrôle de son corps, mais c'était comme s'il se vidait de son sang. Il appréhendait le moment où il allait tomber de tout son long, aux pieds du prêtre. Il décida de marcher sans attendre et prit congé incontinent, avec une hâte presque grossière.

Ce soir-là, Amros entreprit de sonner un peu partout, dans la cité, les graines de la sédition. Mais, après les travaux des champs, les gens n'avaient pas envie de parler, ni même d'écouter. Ils voulaient seulement dormir.

Il savait bien que tout ce qu'il distillait allait cheminer, circonvoler, proliférer, puis, un jour, éclater et enflammer le royaume, mais le temps que ses vérités fassent leur travail dans les têtes, il faudrait plusieurs lunaisons. Trop tard pour Aure.

Le lendemain matin, après une nuit blanche dans

les foins à regarder la lune, Amros était revenu à son idée première : assassiner le roi et puis s'enfuir avec sa famille. Mais où, il ne le savait toujours pas. Il verrait en marchant.

8

Amros était arrivé devant le palais, la main sur le manche de son poignard, pour assassiner le roi Zoris, au moment où les prétendus Cavares envahissaient le royaume des Chênes noirs.

Quand il vit le roi tomber sur la terrasse, Amros sortit le poignard de son fourreau et se précipita pour l'achever. Mais Zoris était mort. Enfin, presque. Le souverain ne le savait pas encore, comme le montraient ses ruades. Mais il l'apprendrait très vite.

Lorsque le roi Zoris expira pour de bon, l'instant d'après, son air de contentement s'était transformé en expression d'effroi. Ses yeux s'étaient agrandis, des yeux de lapin écorché, et sa bouche restait grande ouverte : on aurait dit qu'il continuait à s'époumoner dans le silence de l'au-delà.

Alors que son monarque gisait à ses pieds et que les pillards accouraient en braillant, le glaive en l'air, Amros ne perdit pas la tête. Il prit le collier d'or à sangliers ailés que portait le défunt, ainsi que son épée à poignée d'ivoire incrustée d'ambre, et courut au souterrain que le roi avait fait creuser sous son palais, quelques hivers auparavant, en prévision d'une attaque de ce genre.

L'entrée de la galerie était astucieusement placée sous la tinette royale, une cuve décorée de bourrelets circulaires qui sentait plus mauvais encore que le gouffre des sacrifices. La puanteur faisait si peur que l'idée de soulever ce trône infect ne serait venue à personne, fors le roi. Un dispositif ingénieux permettait de remettre la tinette à sa place une fois qu'on était entré dans le souterrain.

Amros connaissait bien la galerie. Il avait souvent vérifié, à la demande du roi Zoris, qu'elle ne fût pas obstruée par des éboulis. L'échine courbée, l'épée royale en avant pour repérer un éventuel obstacle, il avança à tâtons jusqu'à la première sortie, au milieu d'un tas de bois, près de la grande porte de la cité que les envahisseurs venaient d'ouvrir. La seconde sortie donnait au-delà des palissades, dans des broussailles. Il la prendrait plus tard, quand il aurait retrouvé sa femme et ses enfants.

N'étaient les cris qui vous trouaient la tête, on aurait dit une attaque de frelons contre une colonie d'abeilles. À peine le temps de se débattre, on était déjà éventré, éparpillé, dégluti. Les assaillants couraient dans tous les sens en poussant des hulées que couvraient les sujets de feu le roi Zoris. Les vaincus font toujours plus de bruit que les vainqueurs. Les femmes et les enfants, surtout. Ils s'égosillaient au milieu des effluves de sang, de terre et d'urine, les trois odeurs de la mort. Elles parvenaient jusqu'aux narines d'Amros qui tremblait des pieds à la tête.

Quand ils eurent tué la plupart des mâles, les pseudo-Cavares entreprirent de s'emparer de tout ce qu'il y avait à prendre dans le royaume. Les femmes, les enfants, les bovins, les cochons, les volailles. Les armes aussi, bien sûr, et puis la vaisselle précieuse, les vases en bronze, les cruches à vin, les cornes à boire, les bijoux qu'ils recherchaient partout, jusque sous les vêtures des dames, avec le halètement si particulier de la cupidité.

Il régnait une telle excitation chez les assaillants que ceux-ci faisaient penser aux fourmis quand, après leur victoire, elles repartent avec les larves de vaincus. L'avidité était en marche ; rien ne pourrait l'arrêter. Surtout pas les braillements des humains et de leurs bêtes qui se fondaient en une seule et même plainte.

En levant la tête au-dessus du tas de bois, Amros aperçut un guerrier mort, au milieu d'une flaque de sang boueux. Il portait un casque avec deux cornes de bœuf, signe distinctif des assaillants.

Amros sortit de sa cachette, s'empara du casque qu'il enfila, puis courut en direction de la maison en rondins où sa femme était détenue avec ses enfants.

Elle était devant la maison et hurlait à la mort tandis qu'un des assaillants, un petit homme à la tête de fouine, essayait de lui arracher son dernier-né. Elle tenait bon.

Amros s'approcha et les sépara sans souffler mot, d'un geste du bras. Il n'avait aucune idée de la prochaine étape, tant la situation semblait désespérée, mais c'était déjà ça de pris.

Il feignit alors d'emmener Aure de force, avec les enfants, et se dirigea vers les charrettes où les soi-disant Cavares faisaient monter les femmes et leur marmaille, avec les pots de sel, les coffres à provisions et les ustensiles de cuisine.

On laissa passer Amros et sa famille, jusqu'à ce qu'ils tombent sur le prêtre. Il avait été épargné, ce haillon solennel. À en juger par son regard victorieux, il était même passé dans l'autre camp. Il se mit à beugler, comme s'il avait vu le loup, quand il les aperçut.

Amros se précipita vers les sept guerriers qui fonçaient sur lui. Il en avait égorgé un quand il reçut un coup sur le front, entre le casque et les sourcils. Apparemment, rien de grave, car il ne ressentit ni douleur ni tournis, mais le sang qui coulait à grands flots lui bouchait la vue. Impossible de continuer le combat.

Il n'écouta que son instinct et prit ses jambes à son cou, abandonnant femme et enfants.

La grande porte franchie, il fila dans la forêt en hurlant intérieurement son juron habituel :

« Mazigotte ! »

Il ne sentait plus ses bottines à bouts relevés. Il était le vent. Rien n'arrête le vent. Surtout quand il fuit.

Il courut longtemps, poursuivi par les six guerriers, jusqu'au moment où il les perdit avant de s'endormir adossé contre l'arbre au tronc moussu où on l'a trouvé au commencement de cette histoire.

9

Avant de s'assoupir contre le tronc de l'arbre, Amros a cherché du millepertuis. Quand il en a trouvé, il a froissé les fleurs et les feuilles entre ses mains afin de crever les vésicules transparentes, gorgées d'huile, qui les parcourent. Puis il a enduit de cette pâte sa blessure au front. Il n'y a pas mieux pour cicatriser.

C'est la nuit qui a réveillé Amros, une nuit lourde et glacée, comme une eau. Elle s'infiltre partout, jusque dans les bottines, les narines ou les oreilles. Après avoir ouvert les yeux, il se met en frissonnant dans la position du fœtus, les bras pliés sur les genoux.

Pour se réchauffer, il finit par se frotter les mains, les jambes, les oreilles et le nez, mais il a toujours froid. Alors, il s'agenouille et amoncelle dans le noir de la mousse et des feuilles mortes sous lesquelles il se glisse, avec un soupir de bête nocturne. Là, sous son édredon végétal, remué de suintements vivants, il se fait tout petit. Il n'est bientôt plus qu'un souffle qui va et vient dans l'humidité de la nuit.

Il a beau serrer très fort, pour se rassurer, la poignée de l'épée royale, il continue d'avoir peur. Pas vraiment des six guerriers, car il pense qu'ils ont rebroussé chemin, ni des dieux qu'il sait exténués. Non, il a peur, surtout, pour sa femme et ses enfants qu'il se reproche de n'avoir pas défendus. Il se sent comme ces bestioles perpétuellement affolées parce qu'elles sont nées pour être dévorées.

Un rien l'épouvante. Un tressaillement de feuilles. Un parlage des branchages. Des remuements dans les terriers. Les grognements d'une compagnie de sangliers qui fouge dans les parages. Ces bruits le tirent sans arrêt de son sommeil, tout comme les frottis et les grignotis des insectes qui peuplent sa couche de fortune.

La lumière poudreuse du matin commence à peine à tomber, entre les cimes des arbres, qu'Amros repart en direction de la cité. Il croit aux signes et s'est convaincu que, s'il croisait un chevreuil en chemin, il retrouverait sa femme et ses enfants le jour même.

Aucun chevreuil. Pour se donner une chance de plus, il se dit qu'il récupérera sa famille s'il entend le cri d'une buse qu'il aura dérangée sur sa branche. Sous les voûtes de la forêt, ça pépie, ça chuchote, ça coucoule, il y a même un coq de bruyère qui chante, mais non, pas la moindre buse.

Quand il arrive devant la cité, les prétendus Cavares sont toujours là, affairés comme des insectes. Après la razzia, ils n'ont pas mis le feu aux maisons, contrairement à la tradition : la destruction n'est pas à l'ordre du jour. À en juger par la cohorte des tombereaux qui entrent par la grande porte, certains d'entre eux ont même décidé de s'installer là. Lorsqu'ils pullulent, débordés par leur progéniture, les humains établissent des colonies, comme les fourmis.

Amros s'approche. Il espère que son casque à cornes de bœuf lui permettra de se fondre parmi les assaillants. Mais à peine a-t-il franchi les remparts qu'un des six guerriers de la veille le reconnaît et se précipite en hurlant, l'épée en avant, aussitôt suivi par ses compères.

Il faut fuir encore et Amros n'a guère à craindre : sur ce terrain, il reste imbattable. Sauf que ses poursuivants ont lancé, cette fois, deux chiens à ses trousses. Deux bêtes noires qui exsudent toute la haine du monde.

Après une accélération, Amros sort l'épée royale de son fourreau et règle leur compte aux molosses sans cesser de courir. Chaque fois, un coup sur le museau suffit pour se débarrasser de son poursuivant.

Les six guerriers, eux, ne lâchent pas prise et, quand le vent se met à pousser des cris de corbeaux, les cris de la calomnie et de la dénonciation, Amros se dit que c'est un mauvais présage et qu'il devrait changer de chemin. Mais il est trop tard.

Il s'élance en direction de la rivière, jusqu'à la pirogue dont il se servait, à la belle saison, pour distraire le roi Zoris et l'emmener à la pêche. Elle l'attend, dissimulée sous un bosquet, au milieu d'un ramas de roseaux.

Il met l'embarcation à l'eau mais n'a pas le temps de monter dedans : les guerriers sont déjà là et tentent, en beuglant, de le transpercer à coups de javelot.

10

Amros, qui a réussi à monter dans la pirogue, se laisse maintenant porter par la rivière qui, en cette saison, se la coule douce. Comme pour chasser la frayeur qui le noue, il respire à grands poumons la touffeur du jour, mais rien n'y fait. La même trémulation l'agite comme une fièvre, à intervalles réguliers.

De temps en temps, il ferme les yeux et parle à sa femme. Il lui murmure qu'il l'aime. Qu'il n'imagine pas la vie sans elle. Qu'il va bientôt revenir la chercher, avec une armée si besoin. Mais le fleuve continue de couler et la pirogue d'avancer, accroissant la distance entre Aure et lui.

Comme la mort, l'absence rapproche. C'est quand ils sont partis, d'une manière ou d'une autre, que les gens qu'on a aimés occupent le plus vos pensées. Aure habite Amros. Il se dit qu'il aura toujours son image dans la tête tant qu'il ne l'aura pas retrouvée.

Elle ne répond pas. C'est normal. Après ce qu'elle vient de subir, elle est encore toute secouée. Il faut qu'elle reprenne ses esprits. Dans quelques jours, elle ira mieux. Ils pourront continuer leurs conversations, quelque loin qu'ils soient l'un de l'autre.

Le roi Zoris aimait dire que les femmes intelligentes recherchent des hommes beaux pour se convaincre qu'elles sont belles aussi et que les femmes belles recherchent des hommes intelligents pour se trouver intelligentes. Il ajoutait qu'il ne savait pas, au juste, dans quelle catégorie ranger Amros car, selon lui, Aure était à la fois belle et intelligente.

C'est vrai.

Le roi Zoris ne disait pas que des bêteries. Amros n'arrive cependant pas à s'en souvenir sans déplaisir. À cause de l'odeur royale, notamment. Elle se rappelle tout de suite à ses narines.

Feu le roi du royaume des Chênes noirs répétait que nous sommes tous destinés à devenir le fumier que piétineront les générations futures. Quand elles ne le conchieront pas. C'est pour se préparer, plaisantait-il, que l'on pue déjà le fumier par tous les pores. Il pouvait parler pour lui. Pas pour Aure qui embaumait, selon les saisons, la rose, l'églantine ou la lavande. Leurs enfants sentaient, eux, le museau du veau qui vient de téter sa mère.

Le soleil amorce sa descente et la faim se met à tourmenter Amros. Tout l'attise. Le souvenir de l'odeur fromagère des enfants. Les picotements des bestioles ailées, avides de sueur et de sang. Les effluves de branchages mouillés ou de poissons morts. Les débris de parfums sucrés apportés par le vent.

À peine troublé par les bruits d'égouttement ou d'affouillement, la quiétude de la rivière qu'on appellera, un jour, la Durance ne le rassure plus. À la recherche de l'indice qui expliquerait son angoisse, ses yeux explorent en permanence les murs de feuilles ébouriffées qui se dressent sur les rives. Rien à signaler. Sauf, parfois, un héron qui s'élance, majestueux, ou une petite boule de plumes qui fuse en piaillant, dans un affolement d'ailes.

Après avoir emprunté le gros fleuve dans lequel se jette la Durance, il finit par accoster la rive, le regard exalté, l'épée royale en l'air, avec une envie de chair rouge qui souffle, comme une colère, sous ses grosses moustaches noires. Il y a deux jours qu'il n'a pas mangé.

11

Amros marche dans la forêt à la recherche d'une bête à tuer. Un faon, une outarde, un rat, tout lui fera ventre. Même un lièvre, malgré les objurgations des dieux. Ou bien, s'il le faut, un lapin malade. À chaque pas, la même envie de viande chaude lui fouaille l'estomac et il salive comme un chien devant une flaque de sang.

La forêt fait la morte. Le temps s'est arrêté d'un coup et, avec lui, le concert de grignotis, de mangeailles et d'amourettes. On n'entend plus que le murmure des âmes invisibles. Et encore, par bribes, parce qu'elles sont mélangées au vent qui finit sa journée et, souvent, se brise sur les feuilles.

Au milieu d'une clairière, Amros aperçoit une grosse sauterelle verte à ses pieds. Il se baisse, l'attrape et la croque en détournant les yeux. Mieux vaut ne pas les laisser traîner sur une bête que l'on va tuer. On serait troublé par son regard. La chair de l'insecte répand dans son palais un goût délicieusement amer, qui lui arrache un petit râle de plaisir.

Le voilà soudain pris d'une fringale de sauterelles. Plus il en mange, plus il a faim. Certaines explosent dans sa bouche, comme des prunes, d'autres coulent plus tranquillement leur jus en lui, mais toutes le remplissent de volupté. Il adore leurs convulsions quand elles entrent dans son gosier.

Cette vie toute palpitante qui pénètre en lui, il sait qu'elle s'y épanouira. On ne tue jamais ce que l'on mange. Au contraire, en le mélangeant à nous, on le transforme et on le ressuscite. On lui donne une nouvelle chance. C'est une autre forme de l'amour.

Lorsqu'il se sent rassasié, Amros décide de retourner à la pirogue. Le soleil fatigue, il n'est plus que l'ombre de lui-même. Il ne faut pas tarder. Amros accélère le pas. Il est tout près de la rive quand il entend, à gauche, devant lui, un bruit de feuilles froissées. Juste le temps de se tapir sur les mouillures et il aperçoit cinq hommes qui sortent d'une chênaie. L'un d'eux porte un chevreuil sanguinolent sur ses épaules.

Amros comprend maintenant le silence de la forêt. Elle était effrayée par ces chasseurs d'une espèce étrange, vêtus de grands manteaux, à la démarche sûre. Deux d'entre eux portent la barbe. Les autres ont des visages glabres, comme des femmes.

Un aboiement hargneux dans sa direction et, soudain, Amros se redresse. Les hommes le voient et lui crient des mots dans une langue inconnue. Ils lui font signe d'approcher mais ils ne lui inspirent pas confiance. La peur se répand dans son corps. Ses paupières tremblotent. C'est à cause du chien, un molosse à tête de cheval avec des crocs prêts à harponner la première viande venue.

Le molosse s'élance sur lui. Amros sort l'épée royale de son fourreau et s'enfuit en courant dans la brume dorée du soir. Il respire fort, mais il a beau faire, ça ne suffit pas à lui remplir les poumons, comme si l'air était, soudain, devenu vide.

12

Il est tombé de tout son long, l'épée en avant, sur un tapis de fougères pourrissantes. Maintenant qu'il a culbuté Amros, le molosse s'acharne sur sa cuisse droite. Il la mord rageusement en poussant les grognements menaçants du prédateur qui signale à la cantonade qu'il ne partagera pas son manger.

Les mains d'Amros tâtonnent pour attraper l'épée royale. Quand il comprend qu'il n'y parviendra pas, il pousse un cri qu'on dirait d'agonie et un frisson parcourt le grand corps de la forêt. Il ne veut pas finir dans les tripes puantes d'un chien puis en crotte. Il a une plus haute idée de lui-même.

Il tente de se dégager, avant de s'époumoner de nouveau, mais si affreusement, cette fois, que toutes les feuilles de la forêt sont saisies de tremblements, comme avant un orage. Un nuage de corbeaux s'envole, au loin, donnant l'alerte.

Un sifflement tout à coup, et le molosse lâche prise. Il grogne, s'assoit et monte la garde. Tout en léchant négligemment le sang qui macule son museau, il observe sa victime avec tant de férocité qu'elle n'ose plus bouger. On sent qu'il reprendrait bien un peu de jus de cuisse.

Quand les hommes arrivent au-dessus d'Amros, pétrifié, le plus ancien, un chauve au nez aquilin, lui répète plusieurs fois les mêmes mots avec l'expression d'exaspération que l'on réserve d'ordinaire aux débiles, puis il ramasse le glaive, le poignard, l'épée royale et lui arrache du cou le collier à sangliers ailés.

Après quoi, il examine la morsure à la cuisse, l'aide à se relever, puis l'emmène, en lui soutenant l'épaule, en aval de sa pirogue, jusqu'au pentécontore, un navire de cinquante rameurs, taillé comme un glaive, qui mouille dans un bras du fleuve. Amros en a déjà vu passer un, au royaume des Chênes noirs. Il fendait l'onde et parfois survolait la rivière.

Des Grecs.

C'est ainsi que les appelait le roi Zoris qui savait tant de choses. Il recommandait à ses sujets de ne pas les fréquenter ni même de les approcher. Il prétendait qu'ils emmenaient de force avec eux, dès lors qu'ils étaient jeunes et beaux, tous ceux qui passaient à leur portée, le soir, quand ils s'arrêtaient sur les rives pour faire leur nuit. À l'en croire, ils les bourriquaient jusqu'à plus d'heure et, quand leur fondement était ouvert comme un ciel, ils en faisaient des pâtés, des grillades ou, pis, des gens corvéables à merci, pour la vie.

En montant sur le pentécontore, Amros a un regard de bête captive : tout le monde, sur le pont, le dévore des yeux avec gourmandise et concupiscence. Il avance tête basse, les flancs frissonnants, comme le mouton qui va au couteau. Ou la femme aux hommes.

Il passe devant des archers, des soldats et des rameurs avant d'arriver devant le timonier. Assis près de la proue, l'homme tient sur ses genoux une espèce d'enfant aux yeux rieurs, avec des poils partout. Un enfant ou un nain. Enfin, un malappris, à en juger par ses manières. Peut-être même un Allobroge, c'est dire.

Le timonier porte une barbe aux boucles compactes comme des grappes de raisin. Les coups de fouet du soleil ont creusé sur son visage des rides profondes comme des balafres. Il a un grand nez bien en chair, comme un pied, un nez de chef. Il s'appelle Starclès et prend tout très au sérieux, lui-même notamment, sans se départir de l'expression de contentement, renforcée par un léger rengorgement, de ceux qui se croient tout le temps regardés. En plus, il l'est.

C'est peut-être pourquoi il fait preuve de tant de patience avec l'espèce d'enfant agité qui monte sur ses épaules où il gigote un moment avant de faire un grand sourire, comme une grimace, exhibant ses dents gâtées. Amros remarque alors que le malappris a une queue qui, comme ses pieds ou ses mains, le démange. Il répond au nom de Criton.

Après avoir observé Amros de haut en bas, comme s'il avait, lui aussi, envie de le ramoner ou de s'en sustenter, Starclès se lève, observe la plaie au front, tâte ses bras, pelote ses épaules, lui ouvre la bouche pour examiner ses dents, le retourne, lui tripote le derrière, examine la blessure à la cuisse, puis gronde quelque chose aux hommes qui l'ont amené.

Apparemment, il n'est pas content. Il déteste qu'on lui gâche la viande. Surtout de la bonne comme celle-là. Il donne à Amros un manteau, des fruits secs et un banc pour ramer, le moment venu, avant qu'un archer ne vienne enduire ses blessures d'un mélange d'huile, de vinaigre et de poudre d'ail.

13

Il a plu des oiseaux. Ils ont dégringolé des nuages noirs et sont tombés dans les saules des rives qui se sont mis alors à pépier en battant les feuilles comme des ailes quand elles prennent leur volée.

Le vent est sorti du bois dès les premières heures du jour. D'abord léger, il a répandu de la gaieté partout, jusque sur la peau du Rhône où frémissaient des vaguelettes de plaisir et des étirements pâmés. Ensuite, ça s'est gâté parce qu'il a commencé à se cogner partout. Contre les ronces, les taillis ou les troncs. Il s'est énervé de plus en plus. À la fin, on aurait dit un ivrogne qui cherche son chemin en hurlant et en gesticulant. Sa colère a peu à peu rempli le ciel de nuées charbonneuses qui, à présent, assombrissent la terre.

Sur son banc, Amros est écrasé de fatigue. Le temps d'avaler un morceau de chevreuil froid avec un peu d'eau et il a fallu se mettre à ramer puisqu'il est désormais l'un des cinquante rameurs du pentécontore. Ses bras ont du mal à suivre. Ils ne sont pas encore habitués à la tâche. Même chose pour ses mains où bourgeonnent quelques ampoules. Mais, à en juger par l'expression de concentration que soulignent les deux grosses rides entre ses sourcils, il fait ce qu'il peut.

Ce n'est pas facile. Il faut respecter les trois mouvements de la nage que l'homme de proue lui a appris la veille. L'attaque, le passage et le détaché. Les rameurs forment le même corps musculeux et transpirant. Ils font tout en harmonie. La respiration, les cris, les soupirs et même les rots. Parfois, Amros perd le rythme mais il lui semble que personne ne le remarque.

En attendant, la distance entre Aure et lui continue d'augmenter à chaque coup de rame. Mais l'amour ne diminue pas, au contraire. Rien ne lui réussit jamais mieux que l'absence, l'obstacle, l'éloignement.

C'est ainsi qu'Amros aime Aure un peu plus tous les jours. Souvent, il ferme les yeux, cherche sa langue dans l'air et puis l'embrasse. Jamais baisers ne l'avaient autant transporté. Et elle, l'aime-t-elle davantage aussi ? Elle ne répond toujours pas, loin, là-bas.

Il pourrait se réjouir en songeant qu'il a désormais la couche et le manger assurés, mais non, les silences d'Aure provoquent au-dedans de lui des élancements bien plus lancinants que ceux qui lui travaillent la cuisse mordue par le chien. C'est à peine si ses baisers imaginaires les adoucissent.

Amros serre maintenant les dents sous l'orage qui dévale. Il a du mal à respirer. L'air est trempé, jaunasse. Une légère odeur de soufre pince le fond de sa poitrine, tandis que la foudre pioche la terre à grands coups. Un temps de fin du monde.

Le timonier cherchait un endroit où mouiller. Le voilà enfin. Il manie lui-même une rame-gouvernail fixée au bordage par une estrope et le pentécontore glisse dans un bras du fleuve où il semble se dissoudre parmi les buées.

Les rameurs tentent de se mettre à l'abri, mais ils ont beau se serrer les uns contre les autres, il n'y a plus assez de place sous le toit de fortune qu'a dressé le timonier, sur le pont. Les malchanceux acceptent leur sort sans broncher. Sous les flots que déverse le ciel, ils reniflent et grelottent en silence, l'œil mort.

Amros fait partie des infortunés. Pour se donner du courage, sous l'orage qu'il a transformé en cascade, il laisse courir dans sa tête les mots que récitait souvent le roi Zoris avant de se coucher :

Je fus tour à tour l'onde qui frissonne
Le brin d'herbe au cœur battant
Le glaive de la guerre
La chair qui se récrie
Le rat borgne et boiteux
La fleur qui s'écarquille
Le hibou aux yeux d'or
Le cri du nouveau-né
Le sanglot de l'agonie
Mais je serai toujours toi
Et tu seras toujours moi

Car nous sommes tous le même corps
Les fleurs et les oiseaux
Les peuples et les branchages
Les pierres et les nuages

Une fois l'orage passé, le grand corps des rameurs reste dans la même position hiératique, avec ses cent bras qui s'égouttent, comme des branches. On dirait un arbre mort qui refuse de tomber.

Amros se récite encore les paroles du roi Zoris en pensant à sa femme, quand le timonier s'approche de lui, la narine flairante. Un clin d'œil, une petite tape sur l'épaule et il lui fait signe de le suivre sur la rive. L'enfant à queue les accompagne.

Ils descendent du bateau et s'enfoncent dans la forêt où monte une odeur qui prend à la gorge, l'odeur lourde et humide d'après l'amour. Elle suinte des voûtes feuillues, court le long des troncs ruisselants et se glisse dans le brouillard qui se faufile entre les branches.

Amros marche devant, en boitant. De temps en temps, il jette un coup d'œil par-dessus son épaule. Il redoute le pire. Subitement, une main lui prend la nuque, une main forte et autoritaire. Il s'arrête et se retourne, le cœur battant.

Le timonier se jette sur lui, l'agenouille, lui baisse les bras puis le prend sur une couche de cailloux et de feuilles pourries, tandis que l'Allobroge mime son manège en se grattant les côtes et en poussant des cris d'orgie.

14

Amros l'avait tout de suite deviné : le pentécontore transporte un trésor. Nuit et jour, même quand il tombe des trombes, quatre soldats montent la garde devant une grande caisse, sur le pont, en scrutant le ciel, le fleuve ou la rive.

Il ne peut s'agir de sel, ni de vin, ni de viande séchée. Les soldats n'auraient pas l'air si inquiets. Il n'y a que l'or ou les pierres précieuses qui battent ainsi le rappel des voleurs et des assassins. Ces choses-là portent la mort en elles. La mort, d'ailleurs, passe de temps en temps sur le bateau de Starclès, comme un vent froid qui fait tout frissonner.

Quand ils reviennent de la forêt, la besogne terminée, le timonier décide de montrer son trésor à Amros. Il tient l'Allobroge d'une main et, de l'autre, ouvre la caisse en retenant sa respiration, pour conférer à son acte la solennité qu'il mérite. Une grosse pierre apparaît, pleine d'étincellements et d'éclats phosphorescents.

Elle a la taille d'une tête d'enfant et un grouillement de soleils prolifère au-dedans. Des soleils bleus, pour l'essentiel, encore qu'il y en ait aussi des rouges, des verts, des blancs ou des noirs.

Le timonier caresse la pierre et fait signe à Amros de la toucher. Le Celte obtempère, avec une méfiance qui lui tiraille le visage et lui fait froncer les sourcils. À peine l'a-t-il effleurée qu'il pousse un cri. Il lui a semblé que la pierre était tiède et vivante, comme l'haleine de Starclès sur sa nuque, un moment plus tôt.

Étonné, le Grec la palpe à nouveau pour vérifier que rien ne cloche, puis il secoue la tête et regarde Amros en souriant.

Le roi Zoris disait que les pierres sont vivantes, surtout quand les femmes les portent, mais celle-là l'est plus que les autres. C'est pourquoi on ne peut garder indéfiniment les yeux sur elle. Il paraît que, comme le soleil, elle rend aveugles ceux qui la contemplent trop longtemps sans fermer les paupières.

Il paraît aussi qu'elle parle. Elle raconterait des choses sur les premiers temps de l'Univers, avant qu'il n'explose en une infinité d'âmes. Starclès les lui expose, en grec, gestes à l'appui, jusqu'à ce qu'Amros lui lance un grand sourire, en hochant la tête, pour lui signifier qu'il a compris. Mais il n'a rien compris.

Starclès a été chargé par Pisistrate, le tyran d'Athènes, de retrouver la pierre. Le timonier est son homme de l'ombre. Son oreille et sa main de derrière, celle des basses besognes, chantages, filatures et coups tordus.

Pisistrate a mauvaise réputation. Surtout chez les nantis et les aristocrates auxquels il cherche des pouilles, sans arrêt, pour se ménager les bonnes grâces du petit peuple qui, de fait, l'adore. Starclès aussi l'adore. Il prétend qu'il se jetterait du haut d'une falaise si le lui demandait ce tyran qui a fait de lui, l'ancien va-nu-pieds, l'une des plus grosses fortunes d'Athènes. Il possède six cents esclaves.

Le timonier est originaire du Cithéron, l'une des montagnes de l'Attique, en Diacrie. Là-bas, la terre est rêche. Une cause perdue. On a beau se démener, comme le font les gens de la région, la pierre ne produit jamais que de la pierre. Ou bien, ce qui revient à peu près au même, des hommes comme Starclès, qui a sur le visage l'expression d'indifférence lasse et blessée de ceux qui ont beaucoup aimé, souffert ou massacré.

Il arrive cependant à Starclès de sourire, d'une façon un peu pincée, comme si ses lèvres n'étaient pas accoutumées à s'étirer ainsi. Il est heureux de rentrer au pays. Il sait que Pisistrate sera satisfait.

Il lui rapporte la pierre.

15

Soudain, l'horizon est là, devant eux. Au bout du fleuve, le pentécontore entre dedans et l'équipage pousse des cris de joie. C'est une ondulation qui déroule ses vaguelettes à perte de vue. Un mol infini, d'une blancheur lumineuse d'où monte une rumeur d'eau remuée.

La mer.

Le bateau glisse dessus jusqu'à la cité que les Phocéens ont établie dans un renfoncement de roches blanches, cerné par la mer, d'où circonvolent des nuées veloutées. C'est Massilia qui, un jour, deviendra Marseille, la merveille des Gaules. Le timonier a prévu de faire là une halte de trois jours, le temps de troquer le pentécontore contre une trière, bien plus rapide avec ses cent soixante-dix rameurs placés en quinconce.

Le mal des boyaux a frappé une partie de l'équipage resté sur place, vidant ses corps pour ne laisser que les os. Starclès se met en quête d'esclaves celtes, pour le retour. Il a de la chance : Diomos, le prince de la ville, fils de Protis, son fondateur, a un gros cheptel, il doit déstocker. Il se fournit en matériel humain autour de Massilia, lors de razzias. Mais la chasse au Celte a été trop heureuse, ces temps-ci. Il faut casser les prix.

« Par Artémis, tu as de la chance, a dit Diomos à Starclès, c'est du bon.

— Le Celte déçoit rarement », a répondu Starclès.

Certes, bavard et ramenard par temps calme, le Celte est souvent couard devant le danger. Mais, aux yeux de Starclès, il n'y a quand même rien de mieux sur le marché. Sournois, mais solide. Docile aussi quand on sait le mater. Rien à voir avec ces chicaneurs de Grecs ou d'Égyptiens qui en veulent à la terre entière parce que issus de grands peuples, ils ont le sentiment de déchoir quand on les met à la rame.

Le timonier aime les esclaves. Il dit souvent qu'ils sont une chance pour la civilisation qui manque de bras, de foi, de courage. Ils en ont pour tous les autres, ces gens-là. Quand ils lui semblent prometteurs, il leur apprend le grec, la mer et les dieux. C'est ce qu'il a décidé de faire avec Amros. Un homme du Nord, pourtant, où chacun sait que le froid engourdit la tête quand il n'abêtit pas.

Là-bas, au pays des doigts gourds, on a vite la cervelle gelée et il en reste toujours des séquelles. Pas chez Amros. C'est un rusé et il apprend vite. Avec ça, une nature de boute-en-train. Le Grec a besoin d'hommes comme ça, fussent-ils celtes, donc barbares.

N'étaient ses moustaches ridicules qu'il ne consent à couper, il serait parfait.

Mais personne n'est parfait. Surtout pas les Celtes qui, en dépit de tous leurs travers, se prennent pour le nombril du monde alors qu'ils n'en sont que le fondement. Ce sentiment de supériorité les perdra un jour, c'est sûr.

Sur ce point, Amros n'est vraiment pas celte. Il a trop d'humour pour faire l'important. Sauf qu'il semble rongé par quelque chose. On dirait qu'il pleure, quoiqu'il n'ait pas de larmes.

Souvent, après le repas du soir, Starclès lui parle jusque tard dans la nuit. Amros l'écoute avec attention, même s'il saisit mal ce qu'il lui dit. Apparemment, il est question de la vie, de la mort, de la mer et de choses tout aussi importantes.

Amros opine. Il est toujours d'accord sur tout. Même quand le timonier l'étreint sans lui demander son avis avant de le rouler par terre et de le bourriquer, sous les rires de l'Allobroge à la queue poilue.

Sans doute Starclès aimerait-il que le Celte gémisse ou roucoule pendant la chosette. Amros ne desserre pas les dents mais se laisse faire avec un mélange de dignité et de détachement.

La vie lui a appris que les mauvais moments à passer sont simplement des habitudes à prendre.

16

La trière fend la mer, le long des côtes, en répandant sur l'onde des cris, des chants, des musiques de toutes sortes. Rien ne l'arrête. Quand les rameurs ont envie de se soulager, ils se tiennent par-dessus bord dans des positions acrobatiques. Gare à ceux qui font durer le plaisir. L'homme de proue veille, avec son fouet.

Avec l'Allobroge à deux queues, il n'arrête pas de provoquer Amros. Tous deux sont jaloux du temps que Starclès lui consacre chaque soir. Si ce n'était que pour le besogner, passe encore, mais le timonier s'est mis en tête de faire son éducation.

L'homme de proue s'appelle Pison. Un ancien aristocrate qui a tout perdu dans le trafic d'esclaves. Il a le visage jaunâtre, avec des taches vertes, comme si son fiel lui montait à la tête. C'est au demeurant la matière qu'il sue. Quant au bouffon à poil qui aime tant se branler sur la jambe d'Amros, surtout quand il rame, ce n'est pas un enfant, non, mais une bête. Un singe.

C'est ce que Starclès a appris au Celte pendant un de ses cours du soir.

Dans leur pays, ces bêtes-là vivent de rapine et de cueillette. Inapte au travail comme tous ses congénères, Criton le Singe est donc condamné à rester lui-même, c'est-à-dire pas grand-chose.

Avec un peu de volonté et de persévérance, il aurait pu devenir un homme, mais il préfère passer ses journées à s'amuser. Voilà ce qui perd les animaux, cette incapacité à se concentrer et à se dépasser.

« Tous les animaux ne sont pas comme ça, proteste Amros en celte. Par exemple, les abeilles et les fourmis sont très travailleuses.

— Il y a bien sûr des exceptions, dit Starclès en grec. Mais, contrairement à l'homme, l'animal n'a jamais envie d'aller plus loin et plus haut. C'est ce qui fait la différence. Celui-là est, en plus, un obsédé sexuel qui court après la plus petite de ses deux queues. »

Amros n'a pas bien compris. Il hoche quand même la tête, à tout hasard.

« Le Grec, ajoute Starclès, sait que l'homme est quelque chose qu'il faut surmonter. Le Celte, lui, ressemble davantage aux animaux. Il se contente de ce qu'il est. »

Là, Amros a compris. Mais il fait comme s'il n'avait rien entendu. Il pourrait rétorquer que les Grecs peuvent toujours prendre de grands airs, ça ne les empêche pas d'avoir un fondement comme tout le monde. Leur langue, qu'Amros apprend très vite, est de surcroît assez semblable au celte.

Ce sont ainsi les mêmes sons pour dire l'air, l'or, le grain, la menthe ou la perdrix. *Nos* pour la nuit. *Mamma* pour la mamelle. *Gigas* pour géant. Souvent, les peuples sont séparés par une même langue.

Starclès reconnaît cependant que la Grèce doit beaucoup aux Barbares. À l'en croire, la civilisation a commencé quand les Saques, venus d'Arménie, se sont installés dans la Cappadoce, puis en Phrygie. Là, sous le règne d'Uranus, ils prirent le nom de Titans, qui veut dire « nés de la terre ». Après quoi, ils se sont répandus en Grèce, en Italie et dans les Gaules.

« Nous sommes tous des Titans, dit Starclès. Mais, sans vouloir te blesser, disons qu'il y en a qui ont mieux réussi que les autres.

— La vérité ne me blesse jamais, répond Amros dans l'attitude de soumission, tête baissée, rentrée dans les épaules, qu'il adopte souvent devant le timonier.

— Et je ne parle pas de tout ce que les Égyptiens nous ont apporté. »

Des gens étranges, ceux-là. Les Égyptiens ne mangent pas de vache, font leurs besoins à l'intérieur des maisons et prennent leur repas à l'extérieur. Ils font tout à l'envers. Par exemple, ils tissent de haut en bas, non de bas en haut, et les femmes pissent debout tandis que les hommes s'accroupissent.

Le timonier lui conte la vie de Cécrops, le premier roi d'Athènes, un Égyptien, natif de Saïs, quand

Amros voit du sable dans ses yeux. Il se les frotte, avec l'air contrarié de l'enfant envahi par le sommeil.

L'Histoire le fatigue. On peut très bien vivre sans elle. La preuve, les peuples heureux n'en ont pas. Les malheureux non plus, au demeurant. C'est un mensonge qui, à force d'être répété, d'une génération à l'autre, finit par devenir une vérité.

Mais ça reste quand même un mensonge à cause de tous ceux qu'elle oublie au passage, les peuples de rien ou de peu, comme les Celtes.

17

« Les Étrusques ! »

C'est par un cri d'horreur que Pison, l'homme de proue, donne l'alerte. Il la donne souvent. Les Étrusques attaquent régulièrement sur terre et sur mer, en poussant des clameurs de l'autre monde.

Des hyènes. Starclès l'avait dit : de tous les périls qu'il faudrait braver, les Étrusques étaient le pire. Toujours à l'affût, assoiffés de sang et de chair fraîche, le fléau du genre humain. Mieux vaut mourir dans une tempête ou bien de maladie.

Les Étrusques ont inventé les supplices les plus affreux qui soient. Quand ils font des prisonniers, ils les attachent à des cadavres. Face contre face. Yeux contre yeux. Les malheureux pourrissent vivants après que les corps morts les ont imprégnés de leur sanie et de leurs écoulements purulents.

Starclès s'indigne que les Étrusques osent se prétendre civilisés sous le prétexte qu'ils seraient les rois de la flûte, de la danse, de la boxe et des courses de chevaux. Sur le plan de la vanité aussi, ce sont les champions. Toujours sur leurs ergots et à se mirer dans leurs plumes, ils aiment parader avec leur orfèvrerie tintinnabulante et les chapeaux ridicules dont ils se couvrent le chef. Les chapeaux des femmes, en particulier. Des matrones à la cuisse hospitalière qu'ils ne savent même pas garder à la maison et qui banquettent avec les hommes en se tortillant le derrière.

La première fois, les Étrusques ont attaqué le soir, après que la trière eut été tirée sur la plage pour que l'équipage se repose. Les rameurs dorment mal sur le navire et Starclès, soucieux de leur bonne forme, les fait coucher sur le sable le plus souvent possible puis, à leur réveil, courir sur la plage pour qu'ils se dégourdissent les jambes.

Devant l'offensive étrusque, Starclès a tout de suite rendu son épée royale à Amros qui a couru en direction des assaillants, sans casque ni bouclier, la pointe en avant, la rage aux lèvres, en braillant des horreurs qu'on ne répétera pas, par décence, avec une exception pour ce juron que l'on connaît déjà et qui était aussi son cri de guerre :

« Mazigotte ! »

Resté sur le pont, près du trésor, avec deux autres archers et trois soldats, Starclès suit Amros des yeux. C'est une nuit où il fait jour : la brume bleutée du ciel laisse couler de grandes tombées de lune sur le rivage.

Amros fait le spectacle. Il tue comme il respire. Il tranche, perce ou fracasse avec un mélange de nonchalance et d'allégresse. À croire qu'il a passé sa vie à donner la mort. Il ne fait pourtant que suivre les préceptes du roi Zoris qui les tenait lui-même de son père, un grand guerrier qui gardait toutes les têtes de ses ennemis : à la fin de sa vie, il en avait cinq coffres. À raison d'une vingtaine de têtes par coffre, on voit que cet homme-là n'était pas manchot.

Comme le père de Zoris, Amros vise telle partie du corps pour en frapper une autre. De préférence la tête ou le cou. La feinte et la surprise sont les mères de la victoire. Ensuite, il anticipe tout le temps. Il a toujours un coup d'avance, comme avec les sangliers qui sont quand même plus vifs et plus braves que les humains. Parfois, même, plus intelligents. Il n'oublie jamais, de surcroît, de faire tourner l'épée quand elle a pénétré dans la chair. C'est important. Il ne s'agit pas de blesser, mais de tuer.

Starclès est admiratif. Il reconnaît en Amros la douce fureur des grands guerriers, ceux qui changent le cours des batailles. Après l'avoir vu occire son onzième Étrusque, cette nuit-là, il a décidé d'en faire l'un de ses lieutenants, sur la trière. Son bras gauche, après Pison, l'homme de proue.

« N'as-tu donc pas peur de mourir ? demande Starclès au Celte.

— Je suis déjà mort.

— Comment, mort ?

— Je suis mort le jour où j'ai perdu ma femme et mes enfants. Je ne peux donc plus avoir peur. Mais je sais que je revivrai quand je les aurai retrouvés. »

18

Amros a quitté son banc de rame. Désormais, il passera ses journées sur le pont, à surveiller l'horizon, en attendant la prochaine attaque. En plus de l'épée de feu le roi Zoris à poignée d'ivoire incrustée d'ambre, Starclès lui a restitué son poignard, son collier et son glaive personnel. Il ne se déplace plus sans un cliquetis qui le fait craindre.

C'est un Étrusque qui a pris sa place, sur le banc. Un jeune pêcheur, cueilli sur un rocher. La première nuit, il n'a pas cessé de sangloter. Sans doute sur sa femme et ses enfants. Ou bien sur le sort qui l'attendait. Quand le soleil s'est levé, il bavait encore comme un escargot. Il y a des chagrins qui peuvent durer toute la vie.

Des absences aussi. Amros en sait quelque chose. Alors que la trière se met en branle et transperce les vagues, dans un étincellement d'écume, il répète au timonier son désir de rentrer au pays pour retrouver sa femme. Starclès pose la main sur son épaule et lui répond en secouant la tête :

« Attends de voir ce que va t'apporter la vie que je te propose. Je suis sûre que tu gagnes au change.

— Je ne peux pas vivre sans ma femme.

— C'est toujours ce qu'on croit. On en reparlera quand on sera arrivé à Athènes. »

Les jours suivants, lors des combats, Amros ne cesse de se surpasser. Les héros ne le font pas exprès. Lui non plus. Il tue avec autant de naturel que de précision. Entre Massilia et Athènes, il aura passé une trentaine d'Étrusques au fil de l'épée. Soit le double d'oreilles. Starclès les a fait couper et conserver dans un grand sac de toile, caché dans la soute, jusqu'à ce que le molosse à tête de cheval le découvre et avale les trophées.

Telle est du moins la version officielle, mais Amros soupçonne Pison d'avoir donné les oreilles à manger au chien. L'homme de proue transpire la haine et sent l'urine, de la tête aux pieds, surtout quand il fait chaud ou qu'il ouvre la bouche pour tenir au Celte des propos de ce genre :

« Va-t'en pendant qu'il est encore temps. Ils vont tout te prendre là-bas. Tout. Ton âme, ton amour, ta jeunesse, ta dignité... »

19

Ce jour-là, le timonier est en train de bourriquer Amros dans sa cabine, sous le regard humide du molosse et les ricanements du singe, au bord de l'hystérie, quand l'homme de proue s'écrie :

« La Phalère ! »

Le timonier finit toujours ce qu'il a commencé. Il hoche la tête mais poursuit son manège en glissant, entre des grognements de plaisir, des paroles d'amour à Amros. Depuis qu'approche la fin de leur périple, il est devenu beaucoup plus sentimental.

Le singe imite ses grognements, sur un ton plus aigu, avec des reniflements de chienne en chaleur et en tortillant du derrière comme s'il se faisait fourgonner. Le chien, lui, ne bouge pas mais halète bruyamment : apparemment, le spectacle le travaille aussi.

Amros ne saurait dire ce qui lui pèse le plus quand Starclès le besogne. Le voyeurisme des bêtes, les moqueries du singe, les morsures du timonier, ses minauderies ou la chosette elle-même.

« La Phalère ! »

La voix de l'homme de proue exprime maintenant une vive irritation. Starclès expédie son affaire, puis donne une tape affectueuse à l'épaule d'Amros avant de monter sur le pont, en clignant les yeux, sous les tombées de lumière.

Précédé par le molosse et talonné par le singe, Amros se dirige avec majesté vers la proue de la trière, la majesté d'après l'amour, puis reste un long moment à contempler la plage de la Phalère que dorent à perte de vue les éclats du soleil.

« Tu vas voir, dit Starclès à Amros. C'est le centre du monde. Quand tu auras connu ça, tu n'auras plus envie de retourner chez les Barbares. »

Une clameur de joie s'élève de la trière quand elle aborde, dans un éclaboussement d'écume, la plage de la Phalère. Tout le monde semble heureux de se retrouver en Grèce. Même les rameurs celtes ou ligures qui, depuis la cité phocéenne, ne semblaient pas avoir compris ce qui leur arrivait.

La cohorte des rameurs et des soldats s'ébranle en direction d'Athènes. L'air moulu, l'échine courbée, les yeux éteints, la plupart d'entre eux avancent avec la gravité des vaincus. Starclès, lui, semble se grandir de l'air qu'il respire.

Pareil pour le singe et le molosse. On dirait des officiers en tournée d'inspection, posant pour l'Histoire. Derrière eux, quatre hommes portent la caisse du trésor, sous la garde d'une dizaine de soldats et d'archers. Eux aussi font les paons.

Quand la cohorte arrive devant la demeure de Starclès, un esclave au nez coupé lui annonce que sa femme est en ville et qu'il l'a envoyé chercher. Le timonier semble contrarié. L'homme de proue, qui a pris le singe dans ses bras, fait entrer les rameurs dans le parc, tandis que le molosse aboie après les traînards comme un chien de berger.

Avant de reprendre sa route en direction de la maison de Pisistrate, Starclès jette un dernier regard, en forme de coucher de soleil, sur toute cette moutonnaille. Dans deux ou trois semaines, quand ils seront retapés et qu'ils auront forci, il faudra les vendre au marché aux esclaves, si les cours ne sont pas trop bas. Ça lui fend toujours le cœur de se séparer des gens, des choses et des esclaves. Mais il ne peut garder toutes ces bouches à nourrir. Il est moins difficile de faire le don de soi-même et de ses biens que de ne pas le regretter ensuite.

Starclès a demandé à Amros de l'accompagner chez Pisistrate pour lui apporter le trésor. Le Celte se tient derrière le timonier, avec neuf autres rameurs, comme des chiens d'escorte. À Athènes, il est recommandé de ne jamais se déplacer sans esclave, surtout quand on en a beaucoup.

Alors que le cortège se rapproche de la maison de Pisistrate, la lumière devient plus minérale. Les rues, les toits, les silhouettes, tout semble avoir été coupé au couteau. C'est à cause du vent qui s'est levé. Un vent qui lave le ciel et la terre à grands coups glacés. Starclès l'avale à larges goulées, les narines glorieuses.

Amros préfère ce vent à l'air qui court le long des rues, sautant d'un cloaque à l'autre en voletant, avec les mouches, au-dessus des immondices. C'est peut-être la civilisation, ici, n'empêche que ça pue bien plus qu'au royaume des Chênes noirs.

Il est fasciné par les vêtures sous lesquelles les Athéniens se pavanent. L'homme est un animal qui s'habille pour cacher son sexe et son fondement. Il croit tuer la bête au-dedans de lui en se couvrant de parures mais retirez-les, dessous, c'est toujours un cochon amélioré. Même un Grec.

Le Celte rit tout seul jusqu'à ce que Starclès lui jette un regard noir.

Arrivé à la porte de la maison, le timonier s'est à peine annoncé qu'on l'introduit auprès du tyran qui vient à sa rencontre, en agitant les bras et en poussant des cris de joie. Il a une gueule de brochet, des rubis sur le nez et une expression d'immense voracité, à peine humaine, qu'adoucit néanmoins l'ironie de son regard.

Pisistrate n'a plus de corps. Il en a fait don à Athènes depuis longtemps. Ce n'est plus rien qu'un gros ramas de chairs flageolantes qui se traîne en soufflant et en suant le vin. Avec son air de goinfre épuisé, il rappelle à Amros le roi Zoris à son couchant, sauf que le tyran habite une petite maison, non un palais.

Après avoir donné l'accolade à Starclès qu'il a couvert de postillons, Pisistrate s'est précipité sur la caisse qu'il a fait ouvrir. À la vue de la pierre, il s'est mis à couiner avant d'éclater d'un rire porcin.

20

Pisistrate parle à la pierre. Il lui dit des mots d'amour, sous les yeux médusés de Starclès et d'Amros. Il fait penser à un mari qui retrouverait sa femme aimée, après un long périple.

Il est vrai que la pierre revient de loin. À l'origine, c'était un cadeau des Hébreux à Cyrus le Grand, le roi perse. L'ayant trouvée dans un bateau échoué, après une tempête, sur les côtes de Judée, ils avaient décidé de l'offrir au roi des rois, leur bienfaiteur, pour le remercier. D'abord, d'avoir mis fin à leur déportation prolongée au pays de Babylone, en les autorisant à retourner chez eux. Ensuite, d'avoir rendu au Temple de Jérusalem tout ce que Nabuchodonosor y avait pillé, à commencer par les coupes d'or et d'argent.

Mais le convoi qui devait apporter la pierre à Cyrus le Grand avait été attaqué par des pillards égyptiens, eux-mêmes massacrés, quelques jours plus tard, par des brigands syriens qui la vendirent à des négociants phéniciens.

C'est ainsi qu'elle se retrouva entre les mains de Pisistrate, alors en tournée du côté de Naxos. Il fut tout de suite fasciné par ce qu'il vit dedans : la naissance du monde.

Au commencement étaient les dieux. Mais ils étaient très seuls. Ils ne devaient guère s'amuser. Le monde est né quand Gaia, la Terre, cacha Cronos, son fils, en son sein, pour qu'il émascule Ouranos, le Ciel, dès qu'il s'approcherait d'elle. Il n'était pas de bois, celui-là. Un malade de la chosette, toujours prêt à rompre une lance.

Quand Cronos coupa les deux olives d'Ouranos, des flots de sang jaillirent de la blessure et c'est de ce sang que furent enfantés les Géants, les nymphes méliennes et beaucoup d'autres créatures dont nous descendons tous, aujourd'hui.

Le bleu de la pierre est constellé d'éclats vermillon. On dirait du sang ruisselant dans l'azur et Pisistrate prétend reconnaître en arrière-plan, nimbé dans des brumes, le bras de Cronos qui tranche d'un coup de serpe les testicules paternels. Il assure même apercevoir, au milieu de miroitements verts, le sourire satisfait de Gaia, l'œuvre filiale accomplie.

Starclès se garde bien de le contredire. On ne contredit pas un tyran, à moins qu'il ne soit à terre et appelé à y rester. Mais il semble que Pisistrate soit le seul à voir tout cela dans la pierre.

« Tu m'as manqué, dit le tyran à la pierre. Tu sais, je ne me pardonnerai jamais ce qui est arrivé. »

Au lieu de la garder auprès de lui après l'avoir acquise, Pisistrate, qui continuait sa tournée, commit en effet l'erreur de l'envoyer sans attendre à Athènes sur une trière que des pirates avaient attaquée. Des Celtes, des Étrusques ou des Ombriens, on ne l'avait pas su, à l'époque. Enfin, des bandits de la pire espèce, des gens de bien loin.

C'est Starclès qui avait été chargé de récupérer la pierre. Au terme d'une enquête de trois ans qui mobilisa ses meilleurs agents, il avait fini par la localiser. Au fond du pays celte, chez les Arvernes.

Il avait mis la main dessus, nuitamment et par surprise, dans un tombeau en cours de finition, où elle était entreposée avec des bijoux, des épées tordues et des poteries cassées, parce que les Celtes avaient pour habitude de rendre hors d'usage tout ce qu'ils laissaient avec leurs disparus. Encore heureux qu'ils n'eussent pas broyé la pierre.

C'était le tombeau d'un roi arverne, mort quelques semaines plus tôt, et qui avait lui-même volé le trésor à un prince cavare. Apparemment, le destin de cette pierre était, comme celui des belles choses, de passer de main en main.

Les Barbares qui gardaient le tombeau n'avaient rien vu venir. En un instant, ils s'étaient retrouvés à terre, la gorge tranchée, à donner des coups de pied dans le vide, comme pour écarter la mort. Starclès avait quand même perdu deux hommes dans l'opération mais, comme il le dit à Pisistrate, il n'était pas encore sous la protection d'Amros.

« C'est, observe fièrement Starclès, l'homme qui tue en moins de temps qu'il ne faut pour le dire. Je n'avais jamais vu ça.

— J'ai hâte d'assister à une démonstration, dit le tyran. Pourquoi pas ici, maintenant, tout de suite ? »

Après un petit silence pour ménager son effet, il hausse les épaules :

« Non, je plaisante. »

Sur quoi, il s'en retourne à sa pierre qu'il embrasse à lèvres déployées, avec des airs de cochon affamé, avant de reprendre :

« Tout est une question d'écoute. Si on arrive à la comprendre et que l'on suit bien ses préceptes, cette pierre nous apportera tout. Le pouvoir, la sagesse, la prospérité, le bonheur. C'est une chance pour notre pays. On n'a pas le droit de la gâcher, maintenant. »

Amros n'aime pas que Pisistrate ouvre trop sa bouche aux dents cariées. Elle exhale une odeur de charogne, comme s'il était déjà passé à l'état cadavérique. S'il n'est pas encore mort, le tyran est déjà tout pourri au-dedans, décomposé de son vivant. Quand il poussera son dernier soupir, les vers n'auront plus qu'à entrer. Encore que certains habitent déjà, en éclaireurs, sous sa peau qui tremblote, quand elle n'est pas traversée par des frémissements suspects.

Alors qu'un esclave offre à ses deux visiteurs des

coupes de vin allongé d'eau, Pisistrate se félicite d'avoir repris la pierre à Cyrus le Grand que la mort a soustrait, quelque temps auparavant, à sa haine, et encore, le mot est faible. Le roi des rois était trop subtil, trop cruel, trop tolérant. Trop compliqué, enfin. Un Perse. Avec des personnages semblables, on ne sait jamais sur quel pied danser. Ils viennent vous égorger et puis ils vous embrassent. Ou bien l'inverse.

Des années durant, Cyrus le Grand avait voulu récupérer la pierre pour la mettre au service de la Perse et de ses conquêtes. En vain. Il paraît que Cambyse, son fils et successeur, ne songe aussi qu'à la reprendre. Or, jamais plus elle ne quittera la Grèce. Le dieu Apollon y veillera, ainsi que sa sœur Artémis. Pisistrate leur demandera de l'aider, demain, après avoir fait sacrifier dix taureaux et vingt chèvres à l'Acropole. Ainsi, la Grèce sera en mesure de devenir la première nation éternelle. Elle a déjà inventé la liberté, la monnaie, le théâtre, la géométrie, la beauté et l'universalité. Pourquoi pas l'éternité ?

Les civilisations sont comme les humains. Elles naissent, grandissent et meurent. Souvent, dans d'atroces souffrances. C'est ce qui tourmente le plus Pisistrate. Il aime dire que la Grèce mériterait de vivre jusqu'à la fin des temps, après tout ce qu'elle a fait pour le genre humain. Il ne supporte pas l'idée que ne resterait un jour d'Athènes, comme de Sumer aujourd'hui, qu'un tas d'ossements pierreux, enfouis sous les pelletées d'humus, d'ordures et d'excréments laissés par les nouvelles générations. Il voudrait que l'Histoire qui a commencé dans ce coin du monde s'y arrête et se pose au lieu de continuer sa course folle.

21

Pisistrate est sur le pas de la porte, la pierre dans la main, pour prendre congé de Starclès et d'Amros, quand arrive un jeune homme aux yeux verts et aux cheveux bouclés. Il a dans les vingt ans et traîne derrière lui une odeur d'herbe grasse et mouillée. L'air frémit autour de lui.

Un perroquet gris et déplumé est en faction sur son épaule droite d'où il émet un petit rire aigre de vieillard décrépit. Un esclave noir, très haut sur pattes, avec deux grosses balafres aux joues et une couronne royale sur la tête le suit à trois pas. L'air majestueux, sinon hautain, il mâche quelque chose de dur, peut-être un bout de bois, en roulant de grands yeux de ruminant.

Le jeune homme s'appelle Isocrate. C'est le dernier-né des enfants de Pisistrate. Un original, bâtard de surcroît. Quant à l'esclave que son maître autorise à porter une couronne, c'est un ancien et authentique roi africain.

De toute évidence, Pisistrate est très fier de son fils qu'il regarde avec des yeux de carpe frite. Il s'approche d'Isocrate, pose sa main sur son épaule et lui met la pierre sous le nez, comme s'il voulait qu'il la renifle, avant de lui souffler quelque chose à l'oreille.

Isocrate lui répond à voix haute que la Grèce ne doit pas accaparer la pierre. À ses yeux, il faut qu'elle serve à tout le monde et d'abord aux sages ou aux prophètes qui, sous tous les cieux, cherchent, ces temps-ci, à comprendre le monde.

« On verra après, tranche Pisistrate.

— Quand cesserons-nous de ne nous intéresser qu'à nous pour partager nos connaissances ? s'indigne Isocrate.

— Quand nous aurons les moyens d'être généreux. Ce n'est pas encore le cas. Il y a beaucoup trop de misère chez nous.

— Balivernes ! C'est toujours ce que tu dis. »

Le ton monte entre le père et le fils jusqu'à ce que le visage de Pisistrate s'empourpre, soudain, et qu'il lui crie :

« Handicapé ! Femmelette ! »

Après que son fils est entré dans la maison en haussant les épaules, le tyran d'Athènes prend Starclès et Amros à témoin d'un air désespéré :

« La jeunesse serait la plus belle chose qui soit s'il n'y avait pas les jeunes. Ils la gâchent avec leur caractère, leur inconscience, leur méconnaissance du monde. Ce garçon me cause beaucoup de soucis. Il est obsédé par les prophètes, tous ces olibrius qui font leur Zeus. Sa mère et moi, nous nous arrachons les cheveux... »

Il est émouvant, tout à coup. Quelque chose saigne au-dedans de lui, ça se voit au rouge qui a envahi ses yeux. Il a honte de s'être emporté contre son fils préféré. Amros aime ça. Un tyran qui a des remords ne peut pas être un mauvais homme.

22

Avant qu'ils ne se séparent, Pisistrate a murmuré à l'oreille de Starclès qu'il devait s'attendre à une grosse récompense. Après son exploit, c'était bien la moindre des choses.

Depuis, Starclès ne se sent plus. Le pouvoir fait souvent le même effet sur les enfants et les âmes pures. Il les aveugle, les exalte, les décervelle. C'est une maladie. Le timonier l'a attrapée.

Amros avait déjà observé les ravages de cette maladie quand il était au service du roi Zoris. Les pupilles dilatées des sujets devant le souverain, comme celle des amants avant d'aller au lit. Leurs lèvres mielleuses, leurs effusions enfantines.

Sur le chemin de la maison, Starclès, suivi de ses soldats, fait pour Amros, d'une voix fiévreuse, l'éloge de Pisistrate : cet homme n'a-t-il pas relevé le pays que Solon, son prédécesseur, avait mené à la ruine, en dépit de toutes ses bonnes intentions ?

Solon était un démocrate doublé d'un aristocrate,

très à cheval sur la morale, la justice sociale, les grands principes. Il adorait les pauvres. Il l'a souvent dit. Il l'a même écrit dans des poèmes lénifiants. À en croire Starclès qui, à l'évidence, le déteste, il a mécontenté tout le monde. Les riches qu'il a dépouillés de leurs créances sur le bas peuple. Les petits paysans qu'il a libérés de leur dette sans les enrichir.

Après ses prétendues réformes, les riches se sont mis sous la protection de la Constitution et ont repris leurs affaires. Les pauvres, eux, sont retournés à leur malheur. Les rues d'Athènes ne furent jamais moins sûres que sous son règne et, comme toujours, l'insécurité frappait les plus faibles. L'ami des nécessiteux avait trahi ses protégés, les humbles, les offensés, les riens.

Comparé à Solon, son parent, Pisistrate, aristocrate lui aussi, est un monstre. Un fourbe dénué de scrupules, pour qui tous les moyens sont bons. Contrairement à son prédécesseur, il n'a pas conquis le pouvoir par sa capacité de conviction, mais par la rue et la force. Une fois, après avoir fait croire au peuple que ses ennemis menaçaient de le tuer, il se constitua une garde de porte-massues qui envahit l'Acropole. Une autre fois, après avoir été renversé, il entra dans Athènes sur un char que conduisait une femme déguisée en Athéna, la vierge guerrière, devant qui tout le monde s'inclina respectueusement. Le tour était joué.

À défaut de morale, Pisistrate a une stratégie. Il a décrété que les Athéniens ne doivent s'occuper que de leurs affaires personnelles. Il se chargera, lui, de tout le reste, c'est-à-dire de l'État. Là-dessus, il entend bien n'avoir de comptes à rendre à personne. Sauf aux dieux, et encore, pas tous, car il a ses têtes.

« Alors, c'est comme chez nous les Celtes, observe Amros. Il y a un type qui décide pour tout le monde.

— Non. Notre chef à nous a un projet, une vision. Il nous emmène quelque part.

— Je ne vois pas la différence.

— Observe nos deux peuples et compare. Lequel a l'énergie, la volonté, l'esprit de décision ? »

Quand on aime, il faut faire attention à tout ce qu'on respire. C'est une goulée d'air qui a amené Aure dans la tête d'Amros. Soudain, il n'y a plus de place pour autre chose. Elle est partout en lui, avec son petit sourire.

Starclès n'a rien remarqué. Il poursuit comme si de rien n'était son éloge de Pisistrate. À ses yeux, la moindre de ses qualités n'est pas sa formidable ardeur. Le tyran ne souffre pas de l'espèce de fatigue qui a envahi certains de ses contemporains et s'en prend sans ambages à tous les fainéants qu'il croise dans ses tournées auprès du petit peuple. Il secoue l'un : « Pourquoi restes-tu là sans rien faire ? As-tu perdu un attelage ? Je t'en donne un, prends-le et travaille. » Il houspille l'autre : « Manques-tu de blé de semence ? En voilà ! »

Les Grecs sont comme tout le monde. Ils sont nés fatigués. Si on les écoutait, ils passeraient leur journée à tuer le temps. Ils croient que, le travail, c'est pour ceux qui n'ont rien à faire ou qui ne sont bons qu'à ça. Ils préfèrent boire, s'accoupler ou parler de l'avenir du monde sur l'agora. C'est pourquoi tout se délitait avant l'arrivée de Pisistrate au pouvoir.

Il a remis son pays au travail. Renvoyé à la terre qui manquait de bras les pauvres hères qui croupissaient aux portes des villes. Relancé la culture de la vigne et de l'olivier, les deux mamelles du bonheur. Bâti partout des temples, des sanctuaires ou des monuments en l'honneur de ses dieux préférés, Athéna, Dionysos, Apollon, Hermès et Artémis. Élevé Athènes au rang de capitale culturelle du monde, mère patrie des poètes, des musiciens, des potiers, des sculpteurs, des architectes et des premiers dramaturges. Tout cela, en s'appuyant sur les petits, les impurs, le rebut qui n'a jamais eu droit à la parole. Sur les Diacriens, en particulier. Des montagnards que ni la vie ni la terre n'ont jamais gâtés et sur lesquels les peuples de la plaine et de la côte s'essuyaient jusqu'à présent les pieds.

En somme, Pisistrate est un grand homme. Sans doute est-ce un prince du double jeu, menteur éhonté et manipulateur invétéré, qui n'avance qu'en tapinois, toujours à conter des sornettes. Mais comment garder la bouche et les mains pures quand on a contre soi les grandes familles aristocratiques, certains dieux qui font leurs mauvais coups en douce et puis les Perses qui, de l'autre côté de la mer Égée, attendent de rouler leur meule sur la Grèce ?

Starclès a peur pour son tyran. Il n'est pas sûr que la pierre puisse redonner à Pisistrate le souffle qui lui manque. Il en faut tellement pour porter le peuple sur ses épaules, afin de l'amener à vivre au-dessus de lui-même. Le timonier se demande même si les jours de son bienfaiteur ne sont pas comptés.

« J'ai connu ça aussi avec mon roi, dit Amros.

— Tu ne peux pas mettre Pisistrate et lui sur le même plan », proteste Starclès.

Amros ferme les yeux. Aure est là. Il les ouvre. Elle est toujours là. Il fallait qu'elle soit absente pour devenir, à ce point, présente en lui. C'est bien la preuve que l'amour est plus fort que tout. Plus fort que le pouvoir, le temps, les distances et la mort.

« Ma femme me manque, finit par dire Amros.

— La mienne aussi m'a manqué.

— Mais tu vas la retrouver. Moi, je ne sais pas... »

Starclès met la main sur son épaule :

« Tu verras, tu finiras par t'y habituer. On s'habitue à tout. »

Un petit vent aigre fouille leurs cheveux et Starclès presse le pas. Amros traîne les pieds. Il n'aime pas cette fébrilité et cette atmosphère de déménagement qui règne dans les rues d'Athènes. Cette agitation perpétuelle et ce grouillement qui rappelle celui des fourmilières tournant sur elles-mêmes, à l'infini, dans l'affolement général. Il regrette la tranquillité du royaume des Chênes noirs, le pays des las-d'aller et des tire-au-cul où l'on vivait peu, mais bien.

23

Amros a glissé sur un étron et s'est retrouvé sur le derrière, dans la gadoue. Il se sent humilié. Autour de lui, plusieurs personnes, Starclès en tête, rient à gorge déployée.

Mais qu'est-ce que cette civilisation où l'on n'enterre pas ses crottes? Même les chats savent le faire. C'est bien la peine de jouer les maîtres du monde si c'est pour vider ses pots de chambre dans la rue.

Certes, les Celtes ne sont pas des parangons de propreté. Mais ils installent toujours leurs cités au bord d'une rivière pour y jeter leurs bouses ou leurs ordures quand ils ne les utilisent pas comme fumier pour leur potager. Les étrons volants, ils ne connaissent pas.

Quand on marche dans les rues d'Athènes, entre les gens, les porcs, les chiens et leurs crottes à tous, il faudrait avoir quatre yeux. Deux pour regarder par terre. Deux autres pour surveiller au-dessus, au cas où, du premier étage, quelqu'un s'aviserait de jeter sur vous le contenu infect de son *amis* puisque tel est le nom, ici, du pot de chambre.

C'est pourquoi les Grecs marchent si vite. Sans doute ont-ils, comme tous les peuples à leur apogée, peur d'être en retard. Mais Amros est convaincu qu'ils redoutent surtout qu'un étron ne leur tombe sur la tête.

« Je veux rentrer chez moi, dit Amros en se relevant. Je ne crois pas que je suis fait pour ce pays.

— Tu n'as pas le choix, répond Starclès.

— Je sens que tout va trop vite, ici. Je suis trop lent, je ne pourrai jamais m'y faire.

— Par Athéna, il le faudra.

— Un jour, je partirai. »

C'est alors qu'une femme fend la foule. Amros remarque qu'il a suffi qu'elle apparaisse pour que cesse la puanteur de la rue. Miracle de la beauté. Elle peut tout faire disparaître. Les gens, les bruits, les odeurs.

Elle porte un *chitôn* de lin à fleurs qui lui descend au pied et que recouvre une étole agrafée sur l'épaule. Un grand voile blanc ceint son visage ovale qui, à en juger par la courbure des yeux, est d'ordinaire empreint d'une tristesse que corrige, à cet instant, sa joie de retrouver Starclès.

Cette femme, c'est Melissa, l'épouse de Starclès.

24

Melissa est plus belle encore que le timonier ne le lui avait dit. Souvent, la beauté fait peur. Celle-là est effrayante. Amros ne tremble pas mais la tête lui tourne, il flageole et la chair de poule piquette ses bras. Une montée d'amour.

Son cœur ne bat plus : il se débat, comme à l'agonie, dans la cage de sa poitrine. Sa bouche est sèche, sa langue colle à son palais. Quant à ses jambes, elles sont molles comme des chiffes et peinent à le porter. Il a du mal à se concentrer, à respirer, à mettre un pied devant l'autre.

Il ne savait pas que pût exister une femme comme Melissa. Elle ne lui a pas adressé la parole, c'est à peine si elle lui a jeté un regard, mais il a suffi de son apparition pour qu'il oublie Aure. Tels sont les hommes : rustiques et inconstants, les seuls animaux de la création à courir toujours après leur queue. C'est particulièrement vrai pour Amros.

Pour l'heure, il souffre en regardant marcher

devant lui Starclès et Melissa, main dans la main, démangés par la fruition.

Au moins Starclès le laissera-t-il tranquille : à l'évidence, il lui préfère sa femme. Amros n'en éprouve aucune jalousie mais, au contraire, du soulagement. Le courtaud du timonier ne lui manquera pas. Le Celte aimerait simplement être à la place de son maître.

Starclès a laissé Amros dans la cour avec son escorte de soldats. Le couple a rejoint la chambre à coucher qui donne sur une galerie à colonnes, au-dessus du portique, et le Celte entend bientôt des bruits de chats qui s'aiment ou qui se battent, et les cris monstrueux du singe, sans doute en train de mimer l'accouplement, parachèvent le tout.

Son désespoir est si lourd qu'Amros doit s'accroupir. Il reste longtemps comme ça, avec l'air atterré du bétail humain, quand l'homme de proue vient le récupérer avec un mauvais sourire. Après lui avoir confisqué son collier, son poignard, son glaive et son épée royale, il l'emmène à la maison aux esclaves où il l'enchaîne.

25

Les semaines ont passé. Amros n'a pas revu Starclès. Le timonier l'a-t-il oublié ? Le bernait-il quand, sur la trière, il lui faisait miroiter un bel avenir à Athènes ?

Amros se sent trompé et abandonné. D'abord, pendant une décade, il a désherbé, avec une trentaine d'esclaves, les olivettes de Starclès, tandis que le molosse tournicotait autour d'eux, tous crocs dehors, en ahanant comme un cheval.

Gare à l'étourdi qui s'écartait du troupeau. Les mâchoires de la bête se refermaient sur ses mollets et il fallait attendre que Pison, l'homme de proue, consente à siffler, d'un sifflement très particulier, entre les deux incisives, pour qu'elle lâche prise.

Ce genre d'incident se produisait de temps en temps, sans qu'il fût clairement établi que l'esclave incriminé était en tort. Mais il ne s'agissait pas de le punir. Il s'agissait d'intimider les autres. Il fallait qu'ils filent doux.

Au cours des décades suivantes, Amros et sa petite

horde d'esclaves ont construit des murets pour agrandir le potager puis tailler une route qui traverse maintenant tout le domaine de Starclès. Après quoi, ils ont dépierré les flancs d'une colline que vient de lui donner Pisistrate, pour y planter des vignes.

Entre-temps, les hirondelles sont parties pendant quelques lunaisons, puis revenues, mettant de nouveau dans le ciel ce mélange de joie et d'excitation qui avait disparu avec elles. Tout semble si vide quand elles ne trissent pas dedans en dessinant leurs arabesques.

Les regarder donne du courage, mais si on le fait trop longtemps, ça énerve Pison qui, alors, donne de la voix et puis du fouet. Il est vrai qu'il fustige aussi les esclaves sans raison, pour le principe, pour les rappeler à leur condition.

Le soir est toujours le meilleur moment de la journée : Amros et les autres sont heureux de retrouver la maison aux esclaves, un bâtiment en torchis, comme la bergerie, où ils sont parqués la nuit. Même si elle sent la merde, preuve pour Pison que ces gens-là sont des cochons. Moins gras et moins bruyants que leurs frères à quatre pattes, mais tout aussi incapables de se retenir. Ils n'ont aucune dignité. Du gibier à mouches.

Certains esclaves, comme Amros, sont enchaînés. Les autres, pas. Notamment quand ils sont vieux ou chétifs. C'est Pison qui décide, selon son bon plaisir. Il décide au demeurant de tout. Des portions pour chacun aussi bien que des remèdes pour soigner les malades. C'est un fanatique du détail.

Amros reçoit ainsi le dernier jour de la deuxième décade de chaque mois vingt coups de fouet sur le dos, qui lui laissent de grandes stries violacées ou saignantes, lesquelles font le bonheur des insectes ; en revanche, il a toujours droit à de belles rations. Avec, parfois, des amandes ou des figues sèches.

Le lot quotidien, ce sont des pains de pavot ou des galettes au gruau de blé qu'apportent, avec des vases d'eau, des femmes au pas lourd. Les esclaves les dévorent avec une rage de carnivores et des geignements de plaisir. Certains ne semblent jamais rassasiés.

Quand ils ont avalé leur pitance, les esclaves se mettent à parler. C'est interdit, mais qu'importe, ils chuchotent dans un bourdonnement qui n'en finit pas, où se déploient toutes les langues. Il y a là des Celtes, venus de la trière, mais aussi des Scythes, des Lydiens, des Phrygiens, des Syriens. Et, parmi eux, on trouve de tout, notamment des réfractaires qui conchient Starclès, les dieux grecs et la terre entière.

Amros, lui, ne dit rien. Il reste prostré en silence avec son amour. Aure est revenue dans sa tête après que Melissa l'en eut chassée quelque temps. Les deux femmes font bon ménage, maintenant, et se partagent ses nuits où il oublie tout, en embrassant des doigts, des cheveux, des tétons, des fentes ou des nombrils.

Que serait le monde sans les femmes ? Un crépuscule, un mouroir, une punition. Il lui manquerait la lumière qui éclaire le dedans des hommes. Amros se sent tout éclairé.

Tels sont les effets de l'amour. Il élève l'homme bien au-dessus de lui-même. Grâce à lui, Amros a le sentiment de vivre au-delà du vent des cimes, là où les oiseaux ne vont jamais.

La nuit est bien avancée et il se trouve dans une prairie fleurie, à embrasser tour à tour Aure et Melissa, quand il est réveillé par un coup de pied dans les jambes. C'est Pison, un flambeau à la main.

« Le maître t'attend dans le jardin », dit-il.

Starclès paraît, selon Pison, de fort méchante humeur. Après que l'homme de proue lui a retiré ses chaînes, le Celte le suit d'un pas résolu. Lui aussi est en colère. Il en veut au timonier de l'avoir laissé tomber sans explication.

26

Amros a changé. Il a perdu son petit sourire supérieur. Il se tient toujours bien droit, mais garde la tête baissée. Sa balafre au front, semblable à une ride, lui donne l'air absorbé.

« Tu ne fais plus ton coq, maintenant, dit Starclès. J'avais demandé à Pison de te dresser. Il sait s'y prendre. »

Starclès semble heureux de retrouver Amros. Assis sur un fauteuil de pierre à dossier droit et arrondi, il évite de l'observer trop longtemps et laisse son regard se perdre dans la vase noire du ciel qu'enluminent des bouquets d'étoiles.

« Je voulais que tu rabattes ton caquet, reprend-il. Que tu arrêtes de faire ton Celte. Je pense que tu as bien compris, maintenant, que tu n'es pas sorti de la cuisse de Jupiter. Mais j'ai toujours de hautes ambitions pour toi. »

Il se lève et s'avance vers Amros en cherchant, pour s'appuyer, des murs imaginaires. L'exercice, apparemment très périlleux, relève moins de la marche que de la navigation par gros temps. Starclès est ivre. Finalement, il retourne à son fauteuil.

« J'ai de très hautes ambitions pour toi », répète-t-il avec l'autorité de la conviction.

Il propose à Amros une coupe de vin allongé d'eau, du vin de Chio au goût de miel. Le Celte accepte et se sert lui-même.

« Il y a longtemps que je n'avais pas bu de vin, dit Amros sur un ton de reproche.

— C'est toi qui m'as obligé à te jeter parmi les esclaves. Je ne voulais pas que tu partes. Je savais que j'aurais un jour besoin de toi. »

Starclès lui annonce qu'ils partiront d'ici deux ou trois jours pour un long périple. Une mission de la plus haute importance que Pisistrate vient de lui confier. Il s'agit de retrouver la pierre de la sagesse qui a été volée la veille au soir.

« Quel malheur ! soupire Amros en prenant un air accablé. Et sait-on qui a fait le coup ?

— Ce serait trop simple. »

En vérité, ce pourrait être tout le monde. Cambyse, le nouveau roi des Perses qui, ces derniers temps, a envoyé des hommes de main en ville. Les grandes familles aristocratiques qui mènent une guerre sournoise contre Pisistrate, au nom de leurs petits intérêts de parasites dégénérés. Les Spartiates, de plus en plus jaloux du rayonnement d'Athènes. Surtout, le propre fils du tyran, Isocrate, qui, par un étrange hasard, est parti en voyage le jour du vol.

Pour Starclès qui a été chargé de l'enquête, Isocrate est le suspect numéro un. Dès qu'il en a informé Pisistrate, l'autre s'est mis à pleurer : pour être tyran, il n'en est pas moins homme. Le timonier n'a pas supporté de voir des larmes couler, pour la première fois, sur ce cher visage. C'est pourquoi il a bu.

Pisistrate a plusieurs fils. Deux d'entre eux, Hippias et Hipparque, dissimulent mal leur envie de prendre sa place. Il faut les voir, les yeux brillants et la bave aux lèvres, toujours dans le sillage de leur père, claquer des mandibules en l'observant flageoler sur ses jambes. Ils donnent la nausée.

Isocrate est le dernier de ses fils et un enfant de l'amour. Le portrait craché du dieu Apollon avec son menton en proue de navire et des lames de fer qui scintillent dans ses yeux. Avec ça, toujours un sourire en coin, ce qui est un signe d'intelligence. Les demeurés aussi sourient tout le temps, mais pas comme ça, avec cette légèreté.

D'une grande culture et ne parlant jamais pour ne rien dire, Isocrate inspire confiance d'emblée. Rien à voir avec ses deux frères, mufles à la bouche tordue, si voraces qu'ils donnent le sentiment de vouloir tout dévorer, jusqu'aux pierres de l'Acropole. C'est pourquoi Pisistrate avait décidé que son dernier-né serait, le jour venu, son successeur.

Pourquoi Isocrate aurait-il commis cette folie alors

que tout lui souriait ? D'abord parce qu'il a toujours manifesté de l'intérêt pour la pierre de la sagesse dont il a dit à maintes reprises qu'il fallait en faire profiter l'humanité, et pas seulement la Grèce. Ensuite, parce qu'il est en crise, une sorte de remue-ménage de l'esprit qui est de son âge et qui devait l'emmener dans un long périple, prévu de longue date, à la recherche de la vérité.

« Mais alors, il est comme moi, dit Amros sur un ton réjoui. Moi aussi, je recherche la vérité depuis que je suis tout petit. »

Starclès hausse les épaules :

« Disons que c'est toi qui es comme lui. »

Au lieu d'aller chercher la vérité au fond de lui-même ou dans les plaines célestes, Isocrate a décidé de courir le monde pour aller à la rencontre des grands prophètes.

En ce temps-là, le monde grouillait de prophètes. Des vrais, des faux, des efflanqués, des mafflus, des joyeux ou des chagrins. On dirait qu'ils se sont passé le mot, à moins que ce ne soit une coïncidence. Toujours est-il qu'au même moment ils ont tous découvert l'âme, cette chose qui nous permet de penser au-dessus de nous-même. Ils ont décidé qu'il fallait lui donner le pas sur tout le reste, notamment les biens terrestres. Pour lui permettre d'aller plus haut et plus loin, ils disent que les humains doivent s'alléger, se dépouiller et, surtout, renoncer. Moins ils seront chargés, mieux ils voleront.

« Évidemment, commente Starclès, tout ça reste à prouver. Ce ne sont que des théories.

— Si l'on compare nos fortunes, ricane Amros, il est sûr que mon âme volera beaucoup plus haut que la tienne.

— Les esclaves n'ont pas d'âme.

— Mais j'en avais une quand je n'étais pas esclave.

— Sans doute.

— J'en aurai donc une quand je ne le serai plus. »

Starclès ne relève pas. Il reprend le fil de ses pensées. Avant de partir en voyage, Isocrate a donné à sa mère les noms des prophètes qu'il veut connaître. Il y en a sept. Même s'il les lui a souvent répétés, elle se souvient des noms de six seulement : Isaïe, Zarathoustra, Confucius, Lao-tseu, Héraclite et Pythagore.

Elle sait que son fils a prévu de commencer son périple par Pythagore. Un original qui a inventé une nouvelle science, la philosophie, et qui l'enseigne à ses disciples à Crotone, dans le sud de l'Italie, pas loin de l'Étrurie. C'est le dieu pythien qui parlerait par sa bouche et il serait le fils d'Apollon. À moins que ça ne soit d'Hermès. Il serait, en tout cas, de souche divine. Dans des vies antérieures, il aurait été Éthalide, Euphorbe, Hermotime puis Pyrrhos, le pêcheur de Délos. Il paraît qu'il connaît le langage des bêtes, s'habille toujours en blanc et a le culte du secret.

Même si sa gloire est grande en Grèce, il est tout le contraire d'un ramenard. Il ne s'affiche jamais en public et déteste que l'on prononce son nom. Humble, cosmique et végétarien, il vit nuit et jour dans une sorte d'ascèse purificatrice. Il fait un malheur, chez les jeunes surtout.

« On ne va pas beaucoup s'amuser avec lui, dit Starclès. En plus, il a fait l'éloge de Solon, dans le temps. Mauvais signe. Il doit dégouliner de bons sentiments... »

Starclès fait le geste de chasser des mouches. Mais il n'y en a pas.

« Je compte sur toi, reprend-il.

— Tu peux, mais quand on aura récupéré la pierre, je voudrais que tu me laisses retourner chez moi. Je ne peux pas vivre sans ma femme.

— Tu me l'as déjà dit et tu as vu comment ça s'est fini. À la maison aux esclaves.

— Depuis que nous avons été séparés, ma femme et moi, c'est comme si j'avais été coupé en deux et que la moitié de moi-même était restée en elle. Promets-moi de me laisser la retrouver après notre périple. »

Starclès acquiesce, puis ajoute :

« À condition que tu t'engages à prendre une épouse ici, pour te changer les idées. On ira la choisir demain. »

Amros secoue la tête avec énergie. Il a cru voir un sourire se dessiner sur les lèvres de Starclès. C'est peut-être une simple blague, mais il n'en est pas sûr : la nuit, la lumière ment souvent.

27

Après avoir demandé à Pison d'aller chercher une tunique de laine pour Amros, Starclès invite le Celte à passer la nuit dans la galerie de la maison, sous l'œil d'un garde aux oreilles coupées.

« Ne t'avise pas de t'échapper, prévient Starclès. On te rattrapera... »

C'est une nuit mauvaise où le froid s'insinue partout, jusque sous les ongles. Il picote les chairs et chasse les odeurs. On ne sent que le ciel pur, l'haleine si particulière des grands gels. Mais il ne gèle pas.

Amros dort tout son soûl jusqu'à ce que le chien de Melissa, une petite boule de poils blancs avec une langue rose au milieu, le réveille en le léchant. La maîtresse de maison lui propose d'entrer pour prendre le repas du matin. Quelques noix, une bouillie de gruau de blé grillé au miel et du pain aux olives à tremper dans un gobelet de vin épicé. Starclès est absent.

« Il est parti très tôt, dit Melissa. Il travaille tout

le temps, ces jours-ci. Cette histoire est en train de le rendre fou. »

Amros respire fort les parfums de Melissa. Iris, lavande, marjolaine. Il lui semble que ses jambes répandent, sous le *chîton*, une senteur de serpolet. Cette femme est un jardin. C'est sans doute pourquoi elle dispense tant de bonheur autour d'elle. Il cherche à détourner son regard de ses yeux mais il y revient toujours. Elle garde les siens baissés.

Amros ne supporte pas le silence qui s'établit entre eux. Il respire de plus en plus fort, narines frémissantes, le regard égaré pour reprendre le contrôle de lui-même.

Melissa sourit.

« Tu es beau », dit-elle.

Amros sourit à son tour, mais bêtement. Son cœur devient une bête folle qui se cogne contre les barreaux de sa poitrine.

28

Amros tremble à l'idée de ce qui aurait pu se passer après si Starclès n'était pas rentré à cet instant-là. Son maître a une tête de porteur de mauvaise nouvelle et l'annonce aussitôt : la culpabilité d'Isocrate vient d'être établie à cause d'une paire de sandales, trouvée dans la pièce attenante au cabinet de travail du tyran, où était entreposée la pierre, sous la surveillance d'un garde.

Trois gardes se relayaient jour et nuit, dans ce cabinet de travail. Le garde de service au moment du vol était hors de soupçon. Un Diacrien dont Pisistrate était le dieu vivant, bien au-dessus d'Apollon. Après que Starclès eut vraiment tenté de lui faire avouer une trahison ou un manque d'attention, le tyran a quand même décidé qu'il fallait le mettre à mort, pour l'exemple.

Ces sandales sont accablantes pour Isocrate : le fils préféré de Pisistrate les avait retirées pour ne pas faire de bruit et attirer l'attention du garde de service quand celui-ci s'était absenté un instant, afin de se soulager. Ensuite, en s'enfuyant avec son butin, il avait oublié, dans l'émotion, de les chausser. Classique.

Tout l'accusait. Le cordonnier qui avait confectionné les sandales sur mesure se souvenait parfaitement d'avoir découpé la semelle de cuir et de liège autour du pied d'Isocrate. Devant ces éléments qui ont levé ses derniers doutes, le tyran a donc demandé à Starclès de partir retrouver son dernier-né et de lui rapporter la pierre.

« Il n'arrête pas de pleurer », dit Starclès toujours ému par le chagrin du tyran.

Il s'approche d'Amros et pose sa main sur son épaule :

« Nous allons nous préparer. Mais, avant toute chose, je vais m'occuper de toi. Tu es mon porte-bonheur. Un guerrier comme je n'en ai jamais vu. Maintenant que nous t'avons adouci le caractère, je sais que tu seras auprès de moi un compagnon fidèle, sans état d'âme. Pour te montrer la considération que je te porte, je vais te marier.

— Tu me l'as déjà dit, mais je ne veux pas. Je suis déjà marié !

— C'était un mariage celte, pas un vrai mariage. »

Mais pourquoi veut-on toujours le marier ? Amros pousse un soupir en se dégageant et Starclès lui tapote gentiment la joue :

« Il te faut quelqu'un que tu mérites et qui t'attende. »

Le timonier sourit à Melissa :

« Rien n'est plus irrésistible qu'une femme qui attend. »

Il demande à Pison de rendre à Amros son collier, son poignard, son glaive et son épée royale, puis souffle à l'oreille du Celte :

« Une dernière chose. Je voudrais que tu coupes tes affreuses moustaches.

— Je ne peux pas. C'est comme si j'étais né avec elles.

— On ne va pas se fâcher pour des moustaches. Fais-moi ce plaisir. Je prendrai ça comme une preuve d'amitié. »

Amros s'est rasé les moustaches. Sans elles, il se sent nu. Quelqu'un d'autre, une moitié d'homme. Il garde cependant le même regard ironique, le même air fier et insolent. Il n'y a que les Barbares, songe Starclès, pour sembler toujours se moquer du monde.

29

Starclès a emmené avec lui Pison, Amros et le singe. Il faut une femme pour le Celte et des rameurs pour la trière.

Contrairement à l'usage, les rameurs de Starclès sont toujours des esclaves, et non des citoyens grecs, souvent mal embouchés, enclins à se plaindre de tout.

Il n'a pas vendu tous les esclaves de son précédent voyage. Il a gardé les plus vigoureux et les plus obéissants, qui sont souvent les mêmes. Mais sur son navire, plus encore que dans son domaine, il veille à ne pas laisser un seul peuple dominer les autres. Or, il a trop de Celtes depuis son retour de la cité phocéenne et du pays des mille et un rois.

Sans doute les Celtes sont-ils d'excellents rameurs en dépit de leur propension à se dresser sur leurs ergots pour un oui ou pour un non. Mais ils ne sont jamais meilleurs que mélangés. C'est pourquoi Starclès a décidé de chercher du sang frais au marché aux esclaves. Deux ou trois dizaines feront l'affaire.

Il n'a pas besoin de plus pour composer la bonne mixture.

Une odeur putride prend Amros à la gorge quand ils arrivent au marché : l'humain ne sent pas la rose. Mais il ne sent même pas la vache ou le cheval à qui il se croit pourtant supérieur : les effluves sucrés de leur fumier vous grisent et vous emportent loin du monde. Au moment des lâchers de ventre, il est sûr qu'il vaut mieux être à leur cul que sous le fondement d'un humain.

Hélements, apostrophes, braillements, quolibets. On marchande ici, avec ce mélange de hargne et de gaieté que l'on retrouve sur tous les marchés de fruits et légumes. Sans les esclaves en vente, Amros se serait senti de bonne humeur.

Certains sont marqués du signe du hibou; d'autres, de celui du cheval. Affligés pour la plupart de carcans, d'anneaux aux bras ou de chaînes au pied, parfois des trois, ils gardent souvent la bouche ouverte, pour le plus grand bonheur des insectes volants, quand ils ne font pas sous eux, sans la moindre honte.

Lorsquc l'hommc se trouve réduit à lui-même, il n'est plus qu'un amas de boue, d'urine et de suppurations. Pareil pour la femme. C'est comme s'ils étaient morts avant de mourir. Mais ça ne dégoûte pas plus les Grecs que les mouches.

Starclès a l'œil. Depuis longtemps, il est passé maître dans l'art d'acheter les esclaves. Souvent, les vendeurs les font courir, sauter ou gigoter devant la clientèle, mais ce sont des ruses de marchands. Il faut leur tâter le ventre et le derrière. Quand ces morceaux-là sont mollasses, la carcasse ne vaut rien.

En plus, il ne faut pas oublier d'inspecter leurs dents. Si elles sont mauvaises, l'esclave est condamné à souffrir, ce qui nuira à son travail. Sans parler des frais : se faire retirer un clou de girofle par un arracheur, ce n'est pas donné.

Pour mettre en valeur les esclaves, les commerçants les présentent volontiers à côté de bossus, de manchots, de débiles, d'estropiés divers. Mais on ne bernera pas Starclès avec ces stratagèmes. Les esclaves ne sont pas des bestiaux comme les autres. Chez eux, le mental est important et, pour savoir ce qu'ils ont dans la tête, il est indispensable de les regarder dans les yeux : les peureux sont toujours des fourbes, des traîtres, des assassins en puissance.

Rien n'égale, en revanche, l'affolé ou l'angoissé. Particulièrement s'il est costaud. Il travaille mieux. Ça se repère à l'expression. Une tête d'enterrement ou de chien battu est toujours un bon signe. Les malheureux ne déçoivent jamais. Ils s'accrochent à tout, à leur tâche comme à leur maître.

C'est son expertise en matière d'esclavage qui a permis à Starclès d'arrondir sa fortune. Sur ses six cents esclaves, il en loue généralement plus de cinq cents. Ce commerce est l'une des activités les plus lucratives, à Athènes.

Pour faire sa pelote, rien de mieux. Aucun risque.

Sauf les épidémies qui vous dévastent un cheptel en moins de rien. Ou bien les baisses inopinées des cours, consécutives à des arrivages massifs, notamment pendant une guerre. Mais, avec un stock de plus de mille esclaves, on peut espérer en acheter cinq fois plus en sept ans, rien qu'avec les revenus des louages.

« Oh ! regarde, dit soudain Starclès en montrant une jeune fille à Amros, je crois que j'ai trouvé ce qu'il te faut. »

Elle a treize ou quatorze ans. Mais ce n'est plus une petite fille. La femme a déjà percé sous l'enfant avec un regard qui a tout vu et des tétons bien dodus qui appellent la fruition.

C'est vrai qu'elle est belle. Et elle le sait. Elle est du jour, comme on dit sur les marchés, et il y a encore quelque chose de triomphant dans sa posture. Starclès s'approche et, après avoir examiné sa denture, la tâte de la tête au pied.

« Une fille comme ça, murmure Starclès à Amros, ça vaut entre quinze et vingt bœufs, et encore, ça peut même aller plus loin. Tu la veux ? »

Amros aurait peut-être hésité s'il n'avait croisé à cet instant le regard de la jeune fille. Il est en train de se compliquer la vie, avec toutes ces femmes. Aure, Melissa et puis celle-là maintenant ; à quoi bon résister ? Il n'a jamais su dire non.

C'est seulement après l'avoir achetée que Starclès s'enquiert de son nom puis de son origine. Elle s'appelle Phano. C'est une hilote. Autrement dit, un rebut de ces anciens peuples de race grecque, asservis par les Spartiates qui les traitent comme des moins que rien. Elle a échappé à une cryptie, un de ces jours de chasse à Sparte, où l'on massacre les hilotes dans les campagnes, non pour l'amusement, mais pour arrêter leur prolifération et respecter les équilibres naturels.

Si on les laissait se reproduire sans contrôle, ces espèces de lapins, il n'y aurait bientôt plus que des hilotes à Sparte et on serait bien avancé. Qui gouvernerait le pays ? Qui le défendrait ? C'est sûrement ça qui, un jour, perdra Sparte, cette haine qu'elle fabrique, avec ses méthodes implacables, chez tous ces ramas de sous-humains, toujours entre deux ventrées et prêts à manger vivants leurs maîtres. Les hilotes ne sont-ils pas tous des ennemis de l'intérieur ?

Starclès pousse Amros dans les bras de sa promise mais le Celte ne sait pas quoi faire de ses mains. Il se sent soudain gourd, piteux. Tels sont les effets de la beauté. Enfin, les premiers temps, n'exagérons pas.

Pour qu'il se débarrasse de sa timidité, Starclès prend les deux mains d'Amros et les pose sur la taille de Phano avant d'approcher leurs visages l'un de l'autre. Ils restent comme ça un moment, à se regarder et à sourire, puis ils reculent, les lèvres tremblantes.

Starclès reprend son discours contre les Spartiates :

« C'est la peur qui leur fait commettre toutes ces ignominies.

— Ce que fait Athènes n'est pas glorieux non plus.

— Si nous tuons quelque chose, nous, c'est simplement le cerveau des esclaves. Mais je ne suis pas sûr qu'ils en soient pourvus. »

Il est vrai que, dans les rues d'Athènes, Amros a pu constater l'air idiot des esclaves. Leur air égaré aussi, avec ces mimiques d'évolés qui ont perdu leur chemin. Souvent dans le plus simple appareil comme Apollon, mais sans sa beauté, parfois vêtus de hardes puantes et coiffés d'un bonnet ridicule en peau de chien, ils inspirent cette pitié distraite que l'on réserve, d'ordinaire, aux bêtes.

Ils n'ont rien à attendre de la vie. Les tortures, les poulies ou les anneaux sont là pour le leur rappeler, tout comme le vinaigre versé dans les narines après les incartades ou les tuiles qui, à peine sorties du four, atterrissent sur les poitrines des récalcitrants.

Ce sont sans doute ces pauvres hères qui ont permis à la Grèce de se hisser si haut sur l'échelle du monde. Mais, songe Amros, une société où les esclaves sont si nombreux, apparemment beaucoup plus nombreux que les citoyens eux-mêmes, est une société qui porte la mort en elle.

30

La trière partant le lendemain, le mariage a lieu dès leur retour au domaine.

À peine Phano a-t-elle pris son bain purificateur que Melissa l'a revêtue d'une tunique et d'un manteau avant de poser sur sa tête un grand voile rouge qui lui cache le visage et que maintient une couronne en argent, sertie de pierres précieuses.

Melissa lui a prêté sa tenue de mariée. En l'absence de Starclès, débordé avant son départ, c'est sa femme qui a organisé les festivités. Après avoir fait sacrifier un mouton au cul bien propre, avec des guirlandes sur la tête, elle a improvisé un repas de fête. Des esclaves jouent de la lyre, de la cithare et de la flûte en bois.

Amros s'est gavé de mouton bouilli, de daurade grillée à la sauce aigre-douce, d'olives marinées dans du vin cuit et de gâteau de sésame. Sans parler des fruits secs. Et il a beaucoup bu. De tout, du vin de Thasos mais également des vins au miel, à la cannelle ou à la menthe. Phano aussi.

Elle rit tout le temps, pendant la nuit de noces, dans une petite maison du domaine, sur un matelas rembourré de santoline. Après plusieurs mois d'abstinence forcée, Amros rompt sa lance trop vite, forcément. Phano en semble contrariée. Elle n'est pas pure et a déjà vu le loup, sans doute même plusieurs loups. Alors, elle l'embrasse, profondément, comme si sa langue était un poignard fouaillant la bouche. Jamais Aure ne l'a embrassé de la sorte.

Pourquoi ne s'embrasse-t-on jamais après l'amour ? Les baisers ne sont-ils pas, alors, plus purs et plus sincères ?

Lorsqu'il la quitte, pour monter sur la trière, Amros dit à Phano qu'il l'aimera pour la vie. Il est sincère. L'amour est toujours éternel. Surtout quand on part pour un long voyage.

31

C'est un jour sans jour, une ombre de jour. Il touche à sa fin, à en juger par les nuées mordorées qui commencent à napper l'horizon. Starclès vient d'allumer deux flambeaux sur le pont et leurs flammes clignotent comme des étoiles.

La trière croise au large de l'île de Céphalonie, après avoir passé l'Élide, quand un cri affreux retentit, puis un autre, avant que des clameurs ne s'élèvent du navire. Il tourne sur lui-même et met le cap sur le rivage.

Une avarie.

L'eau jaillit à gros bouillons dans la coque, à l'arrière, et la mer tire la trière vers le fond. Courant dans tous les sens, Starclès donne des ordres pour écoper et colmater. Il est au bord de l'hystérie, tandis que les rameurs et les soldats s'échinent, dans un grand désordre, à empêcher le navire de sombrer.

Amros reste en plan. Il ne sait comment se rendre utile et se contente de répéter, en hurlant, les instructions de Starclès.

Ce sont peut-être ses derniers instants. Mais il a décidé de s'agiter à son tour. Il vaut toujours mieux bouger quand la mort rôde autour de vous.

Au bout d'un moment, un grand soupir de soulagement monte de l'équipage : l'avarie est maîtrisée. Il ne reste plus qu'à rejoindre la côte, pour réparer.

Alors que la trière mouille dans une petite crique, Starclès convoque ses hommes et les informe qu'un ou plusieurs traîtres ont voulu saboter le navire. Il prétend que l'avarie a été provoquée par une hache, non par un rocher. Quelqu'un avait donc caché l'outil à bord, ce qui prouve qu'il s'agit d'un complot, ourdi à Athènes. Il demande aux félons de se dénoncer et leur promet le pardon, d'une voix qui contredit sa promesse.

La plupart des rameurs ne comprennent rien à ce qu'il dit. L'homme de proue traduit en perse et en syrien, Amros en celte. Mais aucune main ne se lève. Le timonier descend alors de son promontoire et passe ses hommes en revue. Il tient son singe dans les bras et leur demande de le caresser à tour de rôle. Par deux fois, le poil de la bête se hérisse et il pousse un petit cri de frayeur.

Starclès revient sur ses pas et demande au rameur puis à l'archer qui avaient effarouché le singe de le suivre jusqu'au bordage, ce qu'ils font en tremblant. Après quoi, il ordonne aux soldats de les jeter à l'eau.

Les deux hommes coulent à pic.

Qu'ils se soient noyés si vite laisse Starclès perplexe. Il prend Amros à part et lui murmure à l'oreille :

« Je crois qu'ils étaient innocents. Sinon, ils auraient su nager. Les traîtres savent toujours nager.

— Et qu'aurais-tu fait s'ils ne s'étaient pas noyés ?

— Je les aurais fait tuer par les archers. Mais tout ça veut dire que les saboteurs sont toujours parmi nous. Il faudra avoir tout le monde à l'œil.

— Il faudra, surtout, commencer par retrouver la hache. Et puis compter tout le monde pour vérifier si le traître ne s'est pas déjà échappé. »

Starclès hoche la tête. Il apprécie qu'Amros réfléchisse pour lui. Mais les recherches seront vaines : pas de hache dans la trière, si ce n'est celle de l'homme de proue, qui sert à couper du bois, lors des haltes, et qu'il garde dans un coffre près de son poste de travail. Le comptage ne donnera rien non plus : personne ne manque à bord.

C'est ainsi qu'il régnera, les jours suivants, sur la trière, une petite peur, une venette qui s'insinue partout, comme un mauvais froid.

32

En fin de matinée, la trière arrive devant Crotone, une ville fièrement plantée devant le grand large, au pied de falaises et de forêts de pins parasols. Peu après, les rameurs ont tiré le navire sur le sable.

Il a beaucoup plu, une pluie de mer, douce à la peau comme à l'âme. Toute la nature se pâme et jouit encore. Les narcisses et les jacinthes, l'herbe grasse des prés, et puis aussi les hêtres et les pins noirs. Tous se sont bien donné du plaisir, à en juger par la sueur qui perle à leurs extrémités. Tout est amour quand il fait humide.

Sa gloire est telle, dans la région, qu'il a suffi dc prononcer son nom pour que le premier venu, un garçon avec un œil blanc, mène Starclès et Amros, accompagnés par deux soldats, devant la maison de Pythagore. Auparavant, il a fallu parlementer avec les archers de Crotone qui sont descendus de leur tour de guet, mais le timonier sait y faire.

Pythagore habite une grande bâtisse en torchis qui

domine la mer. Un gros homme a ouvert la porte. Il a une peau verruquée de batracien, les yeux jaunes, de grosses taches de vin sur les mains. La narine hostile, il écoute Starclès comme s'il ne comprenait pas ce qu'il disait, avant de répondre qu'il ne connaît personne qui s'appelle Isocrate et qu'il n'a vu ni perroquet ni roi noir.

Quant à Pythagore, précise le crapaud à tête humaine, inutile de lui demander une audience. Il ne se montre jamais et ne parle qu'à la nuit tombée, derrière un grand rideau blanc. Il déteste qu'on le dérange ou, pis, qu'on cherche à dialoguer avec lui. Il commence toujours ses discours par les mêmes mots : « Par l'air que je respire, par l'eau que je bois, je ne supporterai aucune objection à ce que je vais dire. »

Starclès et Amros décident de rester pour écouter le discours nocturne du prophète. En attendant, ils engagent la conversation avec ses disciples qui confèrent, par petits groupes, sous des platanes. Eux non plus n'ont jamais entendu parler d'Isocrate, d'un perroquet ni d'un roi noir. Ils viennent d'Athènes, de Sparte et de l'Attique. Ils entendent tous devenir, un jour, des philosophes, comme leur maître, le premier de tous les temps.

L'un d'eux, un Macédonien au visage de cuir bouilli, leur récite à voix basse, comme s'il éventait des secrets, quelques-uns des préceptes de Pythagore :

« Il faut éradiquer par le fer et le feu et toutes les manières possibles, du corps, la maladie ; de l'âme, l'ignorance ; du ventre, la gourmandise ; de la cité, la discorde ; de la famille, le dissentiment ; et en même temps de partout, la démesure. »

Ou bien :

« Ne commets jamais aucune action dont tu puisses avoir honte... Et plus que tout, respecte-toi toi-même. »

Ou encore :

« Ne permets pas que le doux sommeil se glisse sous tes yeux, avant d'avoir examiné chacune des actions de la journée. En quoi ai-je fauté ? Qu'ai-je fait ? Qu'ai-je omis de ce qu'il me fallait faire ? »

Il connaît par cœur des tas de phrases de ce genre où il n'est question que de tempérance, de pardon, de douceur et d'amour du monde. Quand le Macédonien s'éloigne, appelé par un autre disciple, Amros laisse tomber :

« Ça fait longtemps que je n'avais pas entendu quelque chose d'aussi beau. D'aussi juste.

— Allons, murmure Starclès. Ces envolées, ces grands sentiments, où tout ça nous mène-t-il ? Ça nous affaiblit, ça nous rend fragile. Et nos ennemis se disent que c'est le moment d'en finir avec nous.

— Sauf si le monde change et que tout le monde s'aime. Alors, on se respecte.

— Mais l'amour ne dure pas longtemps, tu sais bien. Trois ans, tout au plus. Et c'est fatigant.

— Fatigant ? demande Amros.

— Tout ce qu'on donne, on le perd.

— Non, c'est tout ce qu'on n'a pas donné qui est perdu.

— Aimez-vous les uns les autres, quelle foutaise ! Il faut s'aimer, oui, mais sans jamais baisser la garde. »

Ils se taisent, se regardent et finissent par sourire parce que, comme souvent, ils ont pensé à la même chose en même temps. Starclès sort deux galettes de gruau de blé de son sac et en tend une à Amros.

Un Spartiate chauve et sans sourcils s'approche d'eux et le timonier lui en donne une troisième. Les soldats, eux, ont droit à deux galettes chacun. Ils les mangent très vite, comme s'ils avaient peur qu'on vienne les leur retirer de la bouche.

À son tour, le Spartiate fait l'article sur Pythagore qui considère que non seulement tous les humains sont pareils, mais que les fèves, les algues, les champignons, les œufs, les limaces ou les chèvres, tous sont nos frères ou nos sœurs. Nos âmes vont et viennent des uns aux autres, à travers les âges et les continents. Elles peuvent vivre un millier d'années, peut-être plus, en changeant de peau ou d'écorce.

« Observe bien ce figuier, dit le Spartiate à Starclès. Ne sens-tu pas, en te concentrant bien, quelque chose qui vibre à l'intérieur ?

— Non.

— Comme une voix qui viendrait de très loin ?

— Je vois juste un arbre, et un arbre ça n'a pas de bouche, objecte Starclès.

— L'arbre a une âme comme nous. Elle nous parle.

— C'est vrai, dit Amros. Souvent, on dirait que les arbres nous causent. Les chênes et les oliviers en particulier. Surtout quand ils sont vieux. »

Le timonier lève les yeux au ciel. Le Celte l'exaspère avec cette espèce d'exaltation qui le saisit dès qu'on évoque devant lui les théories de Pythagore, un homme certainement respectable, mais qui n'a quand même pas inventé l'eau chaude.

Amros a compris qu'il agace son maître.

« Le monde est une forêt d'âmes, insiste-t-il, malgré tout. Il suffit de regarder et d'écouter. »

Il fait signe aux deux autres de tendre l'oreille. Ce qu'on entend et qui nous grise, c'est la rumeur du monde où se fondent tous les bruits de la vie, depuis la nuit des temps. Elle rampe au bas des buissons, coule le long des ruisseaux, circonvole les cimes, sourd au fond des gorges ou se glisse sous les pierres. Elle nous dit des choses que l'on ne savait pas.

« Tu as compris, dit le Spartiate sur un ton mielleux. Il faut que tu restes auprès de nous pour suivre l'enseignement du Maître. »

Starclès s'insurge :

« Il n'en est pas question. Cet homme est à moi. C'est mon esclave.

— Ici, personne n'est à personne et tout le monde est à tout le monde. Il n'y a que les corps qui puissent vous appartenir mais qu'est-ce, un corps ? Pas grand-chose. Un tombeau d'où, un jour, l'âme s'envolera. »

Alors, Starclès se lève, prend le bras d'Amros qui se

dresse à son tour et, sans desserrer les dents, l'emmène un peu plus loin, sous les amandiers, pour le besogner.

Pendant que Starclès lui mord la nuque, Amros récapitule tout ce qu'il vient d'entendre sur la doctrine de Pythagore. Il aime l'idée que chacun soit responsable du salut de son âme qui est née bien avant nous et mourra longtemps après. Qu'il faille se purifier par la musique, l'harmonie ou la connaissance des nombres qui permettent de comprendre l'univers. Qu'il n'y ait pas d'autres moyens pour réussir sa vie, sa mort et la suite.

« Je crois bien que je suis pythagoricien, dit Amros.

— Mais demain tu seras autre chose, j'en suis sûr, répond Starclès. Tu n'as simplement pas de personnalité. »

Amros observe Starclès avec une compassion amusée :

« Tout le monde n'a pas la chance ni l'honneur d'être grec. »

33

L'orage n'a pas éclaté. Il a longtemps tourné autour de Crotone en hurlant ses injures. Il en avait contre tout le monde. Son haleine haineuse terrifiait les branchages et les toits qui braillaient.

Après avoir longtemps passé leur colère sur la chair molle des collines, les nuages s'en sont brusquement allés, jusqu'au dernier. Une fois le ciel lavé, le vent s'est endormi. À présent, on entend son ronflement au fond de la nuit.

Un grand rideau de lin a été dressé devant la porte de Pythagore. Derrière, le Maître a commencé à parler à la foule de ses disciples vêtus de blanc : des jeunes gens pour la plupart. Ils l'écoutent avec recueillement, à la lumière des étoiles et de flambeaux plantés dans le jardin.

Il prêche d'une voix douce, aux intonations qui se mêlent, parfois, à la respiration des arbres. Il dit que tout est vivant, ici-bas. Les gens, les bêtes, les plantes, les rivières, les cailloux des chemins. C'est la même vie qui court des uns aux autres. Elle change simplement de peau, à intervalles réguliers.

Tout est habité, poursuit-il. Le petit corps tremblant de la colombe et le pot de terre ébréché que l'on a décidé de jeter. La fleur qui s'élance dans l'air du matin et le bœuf qui, la patte traînante, s'en va au maillet. Tous ont une âme au-dedans d'eux. C'est pourquoi nous formons un grand tout.

Les uns deviennent les autres et inversement, car la ronde de la vie ne s'arrête jamais. Nos âmes sont comme des papillons. Libres, légères et volages, elles changent sans arrêt de fleurs. Les dieux eux-mêmes ont donné l'exemple puisqu'en fuyant Typhon, en Égypte, Apollon s'est transformé en autour, Artémis en chatte, Leto en musaraigne et Arès en poisson.

Mais c'était leur décision. Nous autres humains, nous ne choisissons pas nos métamorphoses. Nous les subissons et passons notre temps à naître, à mourir, à renaître, sans savoir où nous allons, comme des chiens crevés au fil de l'eau. C'est pourquoi nous sommes souvent fatigués. À la longue, toutes ces vies nous permettent de savoir quelle est notre âme, mais ça donne le vertige, toutes ces transsubstantiations, ces transfigurations, ces défigurations.

Si nous sommes fatigués, ajoute-t-il, c'est aussi parce que nous sommes coupés en deux. Comme l'a dit Orphée, tout découle de l'œuf cosmique qui est apparu dans la nuit du monde. Tout, à commencer par la Terre et le Ciel étoilé dont nous sommes les enfants. D'où l'ambivalence qui nous transperce.

Nous ne nous réconcilierons avec nous-même qu'en renonçant à nous ventrouiller dans le plaisir, la gloire ou la richesse, les trois mirages qui mènent l'espèce humaine à sa perte.

Pythagore a un accent oriental et utilise souvent des mots qui ne sont qu'à lui. « L'amitié », par exemple. Entre les époux, les citoyens et les peuples. L'amitié de tout le monde avec tout le monde, y compris avec « les êtres », une autre de ses expressions, dénués de raison. Les mouches ou les brins d'herbe. Les crevettes ou les chevreaux. Une fois encore, n'est-ce pas la même vie qui gonfle les fruits, met en branle les fourmilières, remplit les corps d'amour, émoustille les écureuils ou fait craquer les graines mûres ? Nous sommes tous du même sang, de la même sève, du même jus.

« Ces paroles me plaisent, dit Amros à voix basse. Pythagore donne un grand coup de vieux à tous les dieux, les tiens comme les miens.

— Tu es bien de ton pays, murmure Starclès. Un vrai gobe-mouches.

— Je suis sûr que j'ai déjà eu plusieurs vies et que j'en aurai encore d'autres. Pour racheter mes fautes et pour me connaître mieux.

— Par Athéna, je crains que l'avenir ne t'apporte un démenti. Le monde n'est pas à ton image, mais à l'image des dieux et de la plupart des humains : violent, trop violent. Crois-moi, il vaut toujours mieux dormir avec un poignard dans sa couche qu'avec un bouquet de fleurs : ça donne une meilleure chance de survie. »

34

Dès que le prophète s'arrête, Amros et Starclès se précipitent derrière le rideau de lin, tandis que monte, du grand corps effrayé des disciples, une rumeur de désapprobation.

Certains se mettent à braire, comme si les deux hommes commettaient un sacrilège ; d'autres se retournent, de peur d'enfreindre la règle et d'apercevoir le Maître.

Les disciples les plus proches, les bien nommés ésotériques, ceux qui ont le droit de rester derrière le rideau avec le prophète, forment un cercle autour d'Amros et de Starclès que neutralisent deux colosses à tête de bœuf, sans doute jumeaux.

Pythagore est un homme d'une quarantaine d'années, à cheveux blond cendré, beau comme un dieu, et qui ne l'ignore pas. Magistral et majestueux, il observe les deux intrus avec irritation.

« Nous sommes venus te demander des nouvelles d'Isocrate, dit Starclès. Il paraît qu'il t'a rendu visite.

— Le fils du tyran ?

— Oui, le fils préféré de notre bienfaiteur Pisistrate. »

Il sourit, puis :

« J'ai beaucoup parlé avec son perroquet. Une bête un peu plus jeune que moi, mais qui a énormément voyagé. Elle a été, comme moi, en Égypte et en Chaldée, mais aussi chez les Maures ou les Numides et même en Afrique noire d'où elle est originaire, si je me souviens bien. Avant de trouver l'épaule d'Isocrate, elle a appartenu à plusieurs commerçants. Elle m'a raconté toutes ses vies. Avec Isocrate, j'ai peu parlé, en revanche. C'est un garçon très tourmenté, vous comprenez. On a du mal à en tirer quelque chose. Il a un caillou dans la gorge.

— Nous sommes venus le chercher, à la demande de son père, pour le ramener à Athènes. »

Pythagore le regarde attentivement :

« Vous connaissez Pisistrate ?

— Je travaille pour lui, répond Starclès. Je suis son homme de confiance pour les affaires particulières.

— J'aimais beaucoup Solon, à qui il a succédé. C'était un grand homme. »

Starclès se rembrunit :

« Pisistrate aussi est un grand homme.

— C'est possible. »

Starclès n'a pas aimé l'ironie dans sa voix. Il s'apprête à répondre quelque chose quand le Maître l'arrête d'un geste de la main et lui propose de le suivre chez lui, avec Amros, pour continuer la conversation.

35

Convaincu que la musique est la mère de tout enseignement, Pythagore organise chaque soir, pour purifier les esprits, de petits spectacles musicaux où l'on joue notamment de la lyre, de la harpe, de la cithare ou de l'*aulos*, cet instrument à vent qui, souvent, rythme la cadence des rameurs sur les trières.

En écoutant le concert, les ésotériques ont l'air exalté, comme s'ils étaient pompettes. Sauf qu'ils n'ont pas bu.

Starclès attend que Pythagore lui ait proposé de s'asseoir dans la petite pièce à l'écart, éclairée par une lampe à huile, où il vient de les faire entrer, pour lui poser la question qui lui tiraille les lèvres :

« Où est Isocrate ?

— Parti. C'est moi qui lui ai conseillé de s'en aller. Je ne pouvais rien faire pour lui. C'est un garçon trop démonstratif. Pas mûr du tout.

— Que voulait-il ? »

Assis sur un des thronos à dossier, Pythagore répond :

« Il voulait tout ce que veulent les enfants. La vérité. Le secret de l'univers. Savoir ce qu'il y a avant la vie et après la mort.

— Il était donc normal qu'il s'adresse à vous, dit Amros.

— Mais je n'ai pas réponse à tout. Je lui ai parlé des nombres et notamment du un, le nombre parfait d'où tout est né, et puis aussi de l'importance du soixante qui permet d'expliquer tout le reste. Je n'ai pas eu l'impression que ça l'intéressait vraiment. Il m'interrompait sans arrêt en changeant tout le temps de sujet. Un gosse de riche, incapable d'aller au fond des choses : la cervelle lui coule. Il a fait comme vous, il a forcé ma porte, mais c'était pour me parler, non pour que je lui parle. »

Starclès caresse son nez, de manière étrange, comme on caresse son pied quand on a mal, après une longue marche. Il lève les yeux, pousse un gros soupir, puis :

« Avez-vous une idée de l'endroit où il s'est rendu ?

— En Judée, pour rencontrer Isaïe, puis chez les Perses, pour aller voir Zarathoustra.

— Vous connaissez les deux ?

— Isaïe, non, mais nous nous parlons de temps en temps, Zarathoustra et moi. À travers le vent. Il faut écouter le vent, vous savez. Il a beaucoup de choses à dire. Les gens ne prennent pas cette peine. Quand il surgit, au lieu de le laisser entrer pour l'écouter, ils ferment les portes. Moi, je les ouvre.

— L'Empire perse est immense, dit Starclès. Savez-vous où on a une chance de trouver Zarathoustra ?

— Aux dernières nouvelles, c'est-à-dire il y a très longtemps, il habitait à côté du fleuve Amour. Je ne sais même pas s'il est encore vivant. »

Le portier à tête de crapaud leur apporte un vase de lait de chèvre et trois gobelets. Ils boivent en silence.

« Vous a-t-il parlé d'une pierre ? finit par demander Starclès.

— Non.

— Une pierre précieuse, grosse comme une pastèque. La pierre de la sagesse. Isocrate l'avait avec lui. Elle raconte le commencement du monde.

— Si c'est le cas, elle raconte aussi la fin du monde qui sera l'exacte réplique de son commencement. J'aimerais voir cette pierre.

— Isocrate l'a volée. À son père, par-dessus le marché, qui nous a chargés de la retrouver. »

Un petit silence et Pythagore souffle, la tête en arrière, en caressant les boucles de ses cheveux :

« Je n'ai rien à demander à Pisistrate. Aucune faveur, rien. J'espère simplement qu'il nous laissera vivre. Que le monde entier nous laissera vivre. La philosophie est en marche, rien ne l'arrêtera.

— J'aimerais devenir philosophe », murmure Amros.

Pythagore observe le Celte avec un brusque intérêt, dans le clair-obscur de la pièce. Le Maître pratique une science étrange, qui lui permet de cerner la vérité des gens à travers leurs visages et leurs gestes : la physiognomonie. Il ne déteste rien tant que la violence, la haine ou la colère. La « sauvagerie », comme il dit. Il a tout de suite aimé le calme et la modestie d'Amros.

Il se penche vers lui, le regard plein des reflets d'or de la lampe à huile :

« Je connais le langage du corps. Le tien ne dit que des bonnes choses.

— Ce n'est qu'un esclave, objecte Starclès. Il ne sait pas ce qu'il dit.

— Ma famille accueille tout le monde. Les femmes, les étrangers et les esclaves. À condition, bien sûr, qu'ils respectent les règles de vie que j'ai fixées. L'amitié, le silence, le secret et l'abstinence. Je veux juste que cet homme sache qu'il pourra un jour, s'il le souhaite, entrer dans ma famille. Cela demande huit ans de formation mais, ensuite, on est un ésotérique...

— On verra ça plus tard », interrompt Starclès.

Pythagore se lève et leur propose de passer la soirée avec ses disciples avant de leur offrir l'hospitalité pour la nuit. Sur son visage, aucune trace d'irritation contre Starclès. Il reste toujours d'humeur égale. Il faut avoir beaucoup de caractère pour ne jamais le montrer. Sous des dehors avenants, cet homme-là ne sait pas mollir. Rien ne doit altérer la limpidité de son regard.

36

Amros et Starclès ont partagé avec les disciples le repas du soir qui, d'ordinaire, se déroule plus tôt, avant le coucher du soleil. Pourquoi ce changement ? Le Maître en a décidé ainsi, sans donner ses raisons. De temps en temps, il a ses lunes. Il faut qu'elles passent.

Au menu : des galettes, du pain, des légumes bouillis. Pas fameux. Pythagore ayant décrété qu'il ne faut pas manger d'êtres vivants ni arracher les plantes par la racine, ça restreint le choix. On dirait les repas au royaume des Chênes noirs par temps de famine. Même les carottes sont interdites. Que voulez-vous, elles ne supportent pas d'être retirées de la terre.

Ce n'est pas le cas des courges : le pied n'éprouve que du soulagement de les voir partir, il aura moins à faire. Alors, va pour les courges. Amros et Starclès s'en gavent. Le Celte en a ras la panse quand il tombe amoureux, une nouvelle fois, d'une jeune fille aux cheveux en broussaille.

Elle servait leur table. Ils ont échangé quelques

mots. Après le service, elle s'est assise avec eux et, de fil en aiguille, ils se sont parlé, compris, aimés, mais sans geste ni parole. La chasteté a force de loi chez Pythagore, l'amour individuel risquant de compromettre l'amour du monde.

Elle s'appelle Thisea. Elle est assez habile pour ménager Starclès qui a droit à des œillades, voire à des minauderies, mais c'est Amros qu'elle dévore des yeux, avant de se replier sur elle-même, par intermittence, en proie à un grand tumulte intérieur.

Évidemment, Aure, Melissa et Phano se révoltent. Elles font un tel grabuge dans la tête d'Amros qu'il a du mal à se concentrer. Pourquoi faut-il toujours que les amours précédents entrent en conflit avec les amours naissants ? Il n'y a pas de mal à aimer tout le monde. Nul ne prend jamais la place de personne.

Au bout d'un moment, Thisea se referme et, le visage soudain de bois, elle récapitule quelques-uns des grands préceptes de Pythagore :

« Quand les vents soufflent, adore leur murmure. »

« Pour te chausser, avance d'abord le pied droit ; pour te laver les pieds, le gauche. »

« Ne tisonne pas le feu avec un couteau. »

« N'urine pas tourné vers le soleil. »

« Crache sur les rognures de cheveux et d'ongles. »

« Fais disparaître de la cendre les traces de la marmite. »

« Ne cède pas à un rire irrésistible. »

« Abstiens-toi de fèves. »

Starclès accueille ce précepte par un grand rire, puis :

« C'est étrange, ça. Pourquoi ne faudrait-il pas manger de fèves ?

— Parce que, lors de la genèse, quand tout était sens dessus dessous, c'est la même pourriture immonde qui a enfanté les fèves et les humains. La preuve : si on les écrase pour les laisser au soleil, elles prennent très vite l'odeur du sperme. En plus, si on enterre leurs fleurs quatre-vingt-dix jours, elles donnent naissance à une tête d'enfant ou à un sexe féminin. C'est en tout cas ce que disent certains. D'autres prétendent que les fèves communiquent directement avec l'Hadès et les morts grâce à leurs tiges dépourvues de nœuds. Si on les mange, on risque d'avaler avec elles l'âme de morts. Ce sont des choses à éviter.

— N'importe quoi ! » fait Starclès en haussant les épaules.

Et il rit encore. À plusieurs reprises déjà, pendant qu'elle récitait sa leçon pythagoricienne, Starclès a ri, de ce grand rire prohibé par Pythagore.

« J'adore les fèves, reprend-il. J'en mange tout le temps et ça me réussit très bien, à part un pet qui me court de temps en temps, mais il suffit de le chasser. Comment peut-on décider de ne plus manger de fèves ?

— Il faut savoir déchiffrer les signes et les énigmes du monde. Les préceptes de Pythagore ne peuvent rien signifier pour le commun des mortels. Seuls les initiés sont capables de les interpréter. »

Alors, Thisea s'est levée et les a plantés là, devant leurs assiettes. Pour Amros et Starclès, il ne restait plus qu'à se coucher près de leurs soldats, dans une cabane en torchis.

Avant de s'abandonner au sommeil, Starclès s'est moqué d'Amros :

« Comment peut-on prendre au sérieux quelqu'un qui a des théories aussi fumeuses sur les fèves, le pipi ou les rognures d'ongles ?

— Je crois qu'on a toujours tendance à trouver ridicule ce qu'on ne comprend pas.

— La vérité est toujours dans la simplicité, insiste Starclès. Ce sont les imbéciles qui compliquent les choses. Ou bien les imposteurs. Pythagore n'étant pas un imbécile, tu as compris dans quelle catégorie je le range. »

Alors que la nuit touche à sa fin, Starclès se réveille et prend Amros, comme ça, d'un coup, pendant son sommeil. Comme ça fait longtemps qu'il ne l'avait pas bourriqué, le Celte dormait sur le ventre, sans méfiance. Il croyait que ça lui avait passé, à son maître. Mais la fruition est à l'homme ce que la feuille est à l'arbre et le poil à la bête. L'erreur est simplement d'être là au mauvais moment, quand le désir dresse l'oreille.

37

Le matin suivant, en descendant le petit chemin qui mène à la plage où les attend la trière, Amros et Starclès entendent des hulées de l'autre monde. Des clameurs de porcs, de chiens, de corbeaux et d'orfraies.

« Mazigotte ! » s'exclame Amros.

Ils sortent leurs épées et s'approchent à pas de loup, la narine flairante, le cœur battant, suivis par les deux soldats.

« Criton! dit Starclès à voix basse. Pourvu que mon singe soit vivant ! Je n'aurais jamais dû le laisser ! »

L'équipage a été attaqué par une trentaine de soldats armés à la grecque, avec des lances, des boucliers, des cuirasses, des casques en bronze de type corinthien, qui recouvrent les tempes, les joues et le nez.

« Des hoplites ! » murmure Starclès.

Tout indique en effet que ce sont des soldats athéniens. Ils ont un équipement lourd et inconfortable qui les gêne dans leurs mouvements. Derrière les boucliers en bois qui leur pèsent, ils avancent méthodiquement en arc de cercle autour des rameurs désarmés et frappent dans le tas, en fauchant les têtes, les bras ou les jambes. La panique est telle que les hommes de Starclès, dépassés, ne peuvent que se noyer dans la grosse mêlée d'esclaves qui tourne sur elle-même et qu'ils cherchent à défendre.

Starclès évalue les pertes. Plus de cinquante rameurs. Tous ne sont pas morts. Certains se tordent sur le sable en gigotant des pieds. Derrière, sur la trière, le molosse observe le spectacle dans une pose de statue : apparemment, ça ne l'émeut guère. Le singe, en revanche, ne donne aucun signe de vie. Peut-être est-il terré dans la cabine, comme souvent, lors des attaques. Criton ne supporte pas la vue du sang.

L'épée royale en avant, Amros déboule le premier sur le champ de bataille en poussant des rugissements. Il crève les yeux, tranche les cous, perce les panses, embroche les parties honteuses. Il étête, évide, élague et abat, avec des grognements de bûcheron. En un tournemain, il a déjà tué neuf ennemis qui gisent avec l'air stupide des cadavres, sur le sable rougi, à côté de leur bouclier de bois.

Amros est couvert de sang. Son visage même n'est bientôt plus qu'un masque d'écorché. Starclès essaie de le suivre, mais sans succès. Le Celte va trop vite.

Quelques minutes plus tard, il ne reste plus qu'une petite dizaine d'assaillants debout. L'un d'eux donne le signal de la fuite. En grec. Ils détalent en même temps, poursuivis par Amros qui en rattrape un et lui plante son épée dans un trou de la cuirasse, en haut du dos, ce qui ne l'empêche pas de courir. Mourir n'a jamais empêché personne de courir. Mais, au bout de quelques pas, il tombe raide.

Le Celte retrouve Starclès à genoux sur le poitrail de l'hoplite à qui il a retiré son casque de bronze. Il essaie de le faire parler, en vain : le soldat ne peut que bredouiller des mots pleins de sang.

Des mots grecs.

« Je n'arrive pas à y croire, dit Starclès. Ce sont bien des Grecs qui nous ont attaqués.

— Pour le compte de qui ?

— C'est ce que j'aimerais savoir. J'ai ma petite idée. »

Sous lui, le soldat athénien pousse un râle plaintif, un peu comme celui de la poule qui s'apprête à pondre, juste avant ce piaulement triomphal qui salue la tombée de l'œuf. Après quoi, il expire, avec une expression de surprise.

Starclès se relève et court vers la trière :

« Criton ! Criton! »

Le singe se pointe au bordage et saute dans les bras de Starclès avant de grimper sur ses épaules. Il est si heureux de retrouver son maître qu'il bande.

Le timonier désigne du doigt un ramas de maisons perchées sur un rocher qui trône entre la mer et le soleil :

« Il va nous falloir de nouveaux rameurs. Je propose d'aller là-haut pour se servir. »

Partis avec le molosse, le singe et plusieurs soldats, ils sont revenus, quelques heures plus tard, avec des paysans et des pêcheurs apeurés à qui ils ont attribué une place sur la trière.

38

L'air est mou et la mer, toute grasse, fait sa couchée jusqu'en haut de l'horizon. Tout est torpeur, dans ce coin du monde. Même les clapotis semblent paresser.

C'est une journée qu'Amros a décidé de passer avec Aure. Elle est agrippée à lui, frissonnante, et ils promènent leurs pas sur l'huile de la mer fendue par la trière. Dommage que sa première épouse ne soit pas là, en chair et en os.

Jamais Amros n'avait éprouvé pareille sensation de plénitude. Elle vient de sous la mer que remue un soleil velouté, gagne ses pieds, grimpe dans ses jambes, envahit son ventre et lui monte à la tête. Il reçoit force de tout, rien qu'en respirant.

Il ne sait à quoi attribuer cette poussée intérieure. À l'amour, à la joie, à la vie. Tout bat en lui, le cœur, les tempes, les cils. Il n'est plus qu'un tremblement de joie dans la tiédeur du jour, en harmonie avec le monde.

« À partir de maintenant, dit-il à Starclès qui semble

somnoler debout, je ne mangerai plus d'êtres vivants. Pythagore m'a convaincu.

— Par Athéna, tu n'es qu'une dinde !

— Je ne veux plus me remplir la panse d'âmes mortes et de plaies saignantes.

— Tu vas dépérir.

— Non, tu verras, je m'en porterai mieux.

— Que les dieux t'entendent.

— Ils ne nous entendent pas. Nos dieux sont trop méchants pour s'intéresser à autre chose qu'à leur ire éternelle. C'est pourquoi il vaut mieux les laisser tomber, et se mélanger au monde, comme le dit Pythagore. »

Les jours suivants, les dieux se sont rappelés à eux. C'est peu de dire qu'ils étaient d'une humeur massacrante. Ils ont craché, éternué, soufflé, pissé sur la trière avant de la conchier d'une bouillie sablonneuse. Le navire n'a cependant pas coulé. Il a simplement perdu quatre ou cinq rameurs, avalés par la mer.

Starclès a prétendu n'avoir jamais traversé autant de tempêtes en si peu de temps. Des grosses, des furtives, des jaunes, des noires, des orange, ils ont eu droit à toute la panoplie. L'une mourait pour céder la place à l'autre, et ainsi de suite.

« C'est un complot, a conclu Starclès quand tout s'est calmé. Un complot général pour qu'on ne retrouve pas la pierre de la sagesse. Il a des ramifications partout. Ici, à Athènes et dans les cieux.

— Qu'est-ce qu'on peut faire ? a demandé à Amros.

— Continuer. Vaincre les obstacles et les éléments. Les comploteurs finiront par se trahir. »

Quelques jours plus tard, la trière est arrivée sur une immense plage de sable blanc. Les buées duveteuses qui flottaient sentaient le matin alors qu'on était le soir. Elles excitaient le cerveau. Mais l'équipage était si épuisé qu'il s'écroula dès l'accostage. Il dormit toute la nuit, puis une partie du jour suivant. Il n'avait plus conscience de rien et ne reprendrait pas ses esprits de sitôt.

Amros aurait bien dormi toute sa vie comme ça, une oreille dans le sable qui fourmillait, une autre ouverte au vent qui semblait chercher quelque chose sur la plage. Mais il fallait se mettre en branle. Jérusalem n'était pas loin de là. À en croire les confidences d'Isocrate à sa mère, avant son périple, il avait prévu de rendre visite à Isaïe, et Starclès savait qu'il pourrait aussi collecter là-bas des informations sur Zarathoustra et sur les autres.

Jérusalem est un bouillon de religions. Il paraît que beaucoup de dieux y vivent et s'y plaisent. Ils vont et viennent au-dessus de la ville, à tire-d'aile, comme des hirondelles. Ils font partie du paysage, depuis le temps. Quand ils s'absentent, pour quelques aventures, ils laissent toujours là un peu de leur mémoire vivante.

Starclès et Amros sont partis pour Jérusalem en compagnie de deux soldats. Ils ont laissé l'équipage et la trière sous la garde de Pison, manifestement furieux de ne pas les accompagner.

39

Sur l'esplanade du Temple de Jérusalem, il règne un climat de grande ferveur que troublent à peine, derrière les hauts murs, les bruits des travaux en cours. Tout le monde prie ou confère à voix basse pour ne pas déranger le Dieu d'ici, un certain Yahvé, Seigneur des Armées, qui, apparemment, n'est pas commode, lui non plus.

Après avoir erré un moment sur l'esplanade, Amros et Starclès tombent sur un prêtre judéen hors d'âge. Le genre de personnage dont on n'est pas sûr qu'ils sont vivants tant ils ressemblent à des morts. Des yeux blancs d'aveugle, la peau tannée par le soleil, des os tout juste bons à jeter aux chiens. Avec ça, une force intérieure et une autorité naturelle qui en imposent.

Il a beaucoup vécu. Quand Starclès lui demande où l'on peut trouver Isaïe, il répond en grec, sans hésiter, avec une espèce d'indignation :

« Mais il est mort !

— Pour de vrai ?

— Puisque je vous le dis !

— Je ne parle pas du premier Isaïe, mais du Deutéro-Isaïe, le deuxième du nom. Un type qui nous demande d'entretenir une relation personnelle avec Dieu, en attendant l'arrivée sur terre du Messie libérateur.

— Quel que soit l'Isaïe dont vous parlez, je vous assure qu'il est mort et même archimort. C'était un collègue. J'ai assisté à ses funérailles. Nous avons un nouveau prophète, pour le remplacer : Zacharie. Mais il est parti réfléchir dans le désert, Dieu sait où. Il ne reviendra pas avant longtemps.

— N'importe, il n'est pas sur notre liste, ce Zacharie.

— Méfiez-vous. Un jour, il fera son trou. »

Le prêtre prétend avoir bien connu le Deutéro-Isaïe, après le sac de Jérusalem par Nabuchodonosor. Il l'a souvent rencontré en Perse où ils vivaient tous les deux en exil, pas loin des trois îles de la Rééducation où étaient assignés, entre autres, quelques Judéens.

« Dans la première, l'île de la Bien-Pensance, dit-il, habitaient ceux à qui on avait coupé la langue parce qu'ils avaient blasphémé ou proféré des horreurs contre les autorités.

— C'est un système que l'on devrait généraliser, observe Starclès.

— Peut-être, mais l'atmosphère était insupportable, là-bas. Dans la deuxième île aussi, il est vrai. C'était l'île du Bonheur au Travail où étaient regroupés des fainéants et des las-d'aller. On leur avait coupé tout ce qui dépassait, les extrémités inutiles dans leur activité. Le nez, les oreilles, parfois un bras et les jambes. Après ça, on leur confiait toutes sortes de tâches. Menuiserie, tannerie, cordonnerie, taillage de pierre, séchage de figues, extraction de noix ou d'amandes.

— Je ne vois pas l'intérêt de les amputer.

— Moi non plus. D'autant qu'il y avait souvent des maladies qui faisaient baisser le rendement. Dans la troisième île, celle de la Victoire contre la Vanité, étaient reclus les fats, les glorieux et les rodomonts. Ils vivaient dans leurs excréments, comme des bêtes : ça leur remettait les idées en place. Parfois, ils cohabitaient avec des cochons et je me demande même si les porcs n'étaient pas plus propres, en définitive. »

Starclès resserre sa bouche en cul-de-poule, puis émet un soupir de jeune fille importunée :

« C'est inhumain, comme traitement.

— Pas du tout. C'est sur cette île que les gens semblaient le moins malheureux. Ils apprenaient sur le tas, si je puis dire, la vérité du monde que nous a enseignée feu notre roi Salomon, Dieu ait son âme : "Vanité des vanités, tout est vanité et pâture de vent." En plus de ça, ils retrouvaient cette saleté originelle qui nous manque tant aujourd'hui, car elle nous fait perdre de vue notre condition.

— Je déteste la saleté, proteste Starclès.

— Allez, avouez-le, vous aussi, vous aimez vos mauvaises odeurs.

— Ce sont les Barbares qui s'y complaisent. Nous autres Grecs, nous avons le culte de la propreté.

— Première nouvelle, murmure Amros pour lui-même, en celte.

— En tout cas, reprend le prêtre, on ressortait toujours plus fort de la troisième île si, un jour, on s'en échappait. Ce fut la grande chance de Zarathoustra que d'y avoir passé quelque temps. Malgré ses qualités exceptionnelles, il aurait pu finir comme baiseur de cul de roi. Vous savez, comme ces types qu'on appelle les pendants d'oreilles et qui sont toujours à la droite du trône, à susurrer leur compliment. Il aimait trop les puissants. C'était son grand défaut. En réalité, il valait beaucoup mieux que ça. Les simagrées et les salamalecs, ce n'est pas un métier et ce n'était pas digne de lui. C'était un mage, oui, un mage qui accomplissait des miracles à longueur de journée, sans se fatiguer. »

Le prêtre énumère alors toutes les tentatives d'assassinat dont fut victime Zarathoustra. Le récapitulatif pourrait durer longtemps : le prophète avait passé sa vie à ressusciter. C'était un miraculé permanent. Starclès, qui l'a compris, l'interrompt pour lui demander de nouveau, sur un ton impatient, où loge ce prophète.

Le prêtre se gratte la tête, puis :

« Je ne peux pas répondre comme ça. Il faut m'aider.

Il y a deux jours que je n'ai rien mangé. »

Starclès lui donne une pièce en argent.

« Ce n'est pas assez », dit l'autre en la tâtant, une moue aux lèvres.

Le timonier lui en donne deux autres :

« Ça ira ? »

Le prêtre hoche la tête et laisse tomber :

« Si Zarathoustra est encore vivant, ce qui reste à prouver, il habite en Bactriane, sans doute dans la ville de Balkh, où il a table ouverte à la cour.

— Et maintenant, vous pouvez me dire la vérité, fait Starclès. Vous n'êtes pas un prêtre mais un mendiant.

— C'est pareil, répond l'autre. Tous les mendiants ne sont pas des prêtres. Mais tous les prêtres sont des mendiants. Du moins quand ils sont sincères. C'est le signe qu'ils n'ont plus de vanité. »

40

Après s'être débarrassé de la trière et de la plupart des esclaves qu'il a vendus à un marchand phénicien, Starclès a acheté des chameaux, des tentes et des vêtements pour le désert. Il a aussi engagé des guides et des mercenaires. Il n'a gardé qu'une quinzaine de rameurs. Les plus costauds et les plus dégourdis.

Dans la seconde catégorie figure sa nouvelle coqueluche. Un jeune Syrien aux traits purs et aux cils étirés à qui il apprend, comme naguère à Amros, le grec, la mer et les dieux. Le garçon a dans les treize hivers et parle encore avec une voix de fille. Il a toujours les yeux baissés.

Amros est soulagé. Il n'a plus à craindre d'être besogné par Starclès sitôt qu'il a le dos tourné. Il n'éprouve au demeurant pas la moindre jalousie quand il voit le Syrien partager les repas du timonier et, souvent, sa couche, la nuit. Il a seulement la nostalgie des longs moments passés à écouter son maître lui raconter le monde. Le nôtre et puis aussi celui des dieux, notamment d'Apollon, Hermès et Athéna, ses préférés.

Le Celte se sent d'autant moins menacé par ce freluquet qu'il fait pratiquement figure d'alter ego de Starclès. Personne ne conteste son autorité. Pas même Pison, l'homme de proue, qui lui passe la main dans le dos, désormais. Amros est le massacreur attitré. La terreur des brigands. L'égorgeur des fendeurs de naseaux qui battent les chemins et les déserts.

C'est pendant le périple qui les mène à Balkh que Starclès lui donne le surnom qui va lui rester : « Coupe-oreilles ». Pour impressionner d'éventuels assaillants, Amros a scalpé plusieurs têtes de bandits morts et accroché des peaux de crâne aux brides des chameaux. Il a aussi écorché des cadavres entiers et tendu leur couenne sur des cadres en bois, comme des cerfs-volants.

Pour établir le compte des tueries d'Amros, Starclès a décidé qu'il fallait conserver dans du sel toutes les oreilles de ses victimes. Mais pour éviter que le molosse ne les mange, comme à leur retour de Gaule, elles sont déposées dans un coffre en fer suspendu à la selle d'un chameau.

Des semaines plus tard, quand la caravane de Starclès arrive en vue de Balkh, brillante comme un feu au milieu des nuées de poussière, il y a soixante oreilles dans la boîte. Sans doute un bon présage.

41

Balkh repose comme un tas d'ossements sur un lit de lumière rose. Après s'être enfoncée dans la terre où elle a passé la journée, sous les volées du soleil, elle est en train de revenir à elle-même.

C'est une ville qui ressuscite tous les soirs pour mourir le lendemain sous le plomb de midi qui pilonne tout et transforme en pierres sèches la plupart des êtres vivants.

À cette heure-là, le silence commence à donner des signes de faiblesse. Des bruits de voix, d'outils, de jeux ou de portes montent des ruelles. Le vent qui vient de se lever pousse contre les maisons son haleine ravigotante. Les oiseaux repartent à la conquête du ciel.

Les habitants de Balkh font bon accueil à la caravane de Starclès mais ils ne sont pas très causants. Des malins, toujours à jouer au plus fin, l'œil espiègle, experts en détours, artistes de l'ellipse. Des Perses.

« Méfiez-vous, a prévenu Starclès, ces gens-là prêchent souvent le faux pour savoir le vrai. Quand ils daignent ouvrir la bouche. »

Starclès n'aime pas les Perses. Il ne supporte pas qu'ils regardent les Grecs de si haut, comme s'ils avaient accédé bien avant tout le monde à la civilisation. Ils sont, en outre, d'une cruauté sans nom et se livrent à des pratiques douteuses, comme ce rite atroce qui consiste à abandonner leurs morts aux chiens et aux vautours, sur des terrasses, afin qu'ils s'en repaissent.

Parmi tous ceux que Starclès et ses guides ont interrogés, personne ne se souvient d'avoir vu un Grec répondant au nom d'Isocrate avec un perroquet gris et un Noir couronné. Personne ne peut dire non plus si Zarathoustra est vivant ou mort. Selon les uns, le prophète a été assassiné à l'âge de soixante-dix-sept ans, il y a longtemps déjà, par un guerrier touranien avec un nom à coucher dehors, un certain Brâtarcahkvch. Selon les autres, il a été vu récemment en train de garder un troupeau de chèvres au nord du royaume de Chorasmie. À moins qu'il n'ait décidé de faire une retraite sur une montagne, près du ciel où il se rend souvent.

Quelques-uns avancent aussi l'hypothèse qu'il se serait transformé en bœuf. Ce serait bien son genre. Zarathoustra est l'ami des bœufs. Le bienfaiteur de l'espèce bovine que l'humanité pourrait consentir à appeler bovité pour la hisser enfin au rang qu'elle mérite, après tant de services rendus. Mais l'humanité a toujours tout oublié, excepté d'être ingrate. C'est pourquoi elle se gave de vache. Le prophète, lui, ne touche pas à cette viande. Il a d'ailleurs interdit les holocaustes bovins que pratiquaient les mages mazdéens, matin, midi et soir, soi-disant pour rassasier les dieux, alors que leurs grandioses boucheries ne faisaient qu'appauvrir encore les paysans en remplissant les panses des prêtres, des aristocrates, des chefs de guerre et de tous les puissants, toujours prêts à s'en payer une tranche.

Après avoir cherché en vain la trace d'Isocrate à Balkh, Starclès demande une audience au roi de Bactriane, qui a bien connu Zarathoustra. Mais le monarque tarde à répondre. C'est quelqu'un qui a tout son temps et même davantage.

S'il ne faisait pas attendre, il ne serait pas roi. C'est la seule politesse de ces gens-là.

42

Il a fallu attendre cinq semaines avant que le roi daigne recevoir Starclès et Amros. C'est un bout du cul avec une voix de fausset et une fine moustache en forme de ver de terre qu'il tripote sans arrêt. La tête coiffée d'un turban et ceinte d'une couronne, il est assis sur un trône en ivoire, dans une position de pâté effondré, avec le regard du poisson bouilli qui a refroidi dans sa gelée.

« Zarathoustra est mort, annonce-t-il. Mais ça n'interdit pas de penser qu'il est vivant.

— Je ne comprends pas, dit Starclès.

— Il peut très bien être au ciel où il est déjà monté à plusieurs reprises pour conférer avec Dieu en personne, Ahura-Mazdâ, le Créateur, le Seigneur bon et sage, chef pur d'un monde pur. Mais, d'habitude, il ne reste jamais longtemps là-haut. Ce coup-ci, c'est vrai, il s'éternise.

— Il a pourtant bien été assassiné ?

— Oui, il y a des années. Et alors ? Ce n'était pas la

première fois qu'il se faisait tuer. Cet homme-là renaît comme il respire. »

Le roi conseille aux deux hommes de s'armer de patience. Si Zarathoustra s'avise de redescendre sur terre, on saura où le trouver : à la cour. Du temps de Vishtâspa, le père du roi, il y avait ses habitudes. Le gîte et le couvert. Il était conseiller particulier, prêtre attitré et homme de compagnie. Il soufflait les nominations au souverain et l'inspirait pour le reste. Les réformes, les travaux et les guerres à mener pour répandre partout la bonne religion, comme il disait.

Depuis le départ de Vishtâspa, on n'a pas beaucoup vu Zarathoustra à la cour de son fils. Il y est quand même passé de temps en temps. Il s'y sent chez lui. Chaque fois qu'il vient, on dirait que l'air est purifié. Même le Mal semble avoir disparu du palais, sous l'effet de son sourire. Il met de la lumière partout où ses pas le mènent.

« Puisque vous ne semblez pas le connaître, dit le roi, il faut que je vous raconte sa vie. »

Le roi, qui a refusé la présence d'un traducteur, parle un grec exécrable. De plus, il mange ses mots. C'est pourquoi Starclès et Amros ont du mal à suivre le fil de son récit. Ils comprennent néanmoins que Dieu a envoyé Zarathoustra sur terre pour sauver le monde à un moment où Ahriman, l'Esprit du Mal, était sur le point de l'emporter. Quand il est sorti du ventre de sa mère, toujours vierge, qui l'a enfanté après avoir bu un mélange de lait et de *haoma*, il s'est mis à rire. De la situation, du bonheur de vivre ou de la bêtise humaine, on ne sait, mais enfin, c'est le seul nouveau-né de l'histoire de l'humanité qui a ri au lieu de pleurer.

Les alliés ici-bas de l'Esprit du Mal, des mages pour la plupart, ont tout fait pour le tuer. Leurs tentatives ont échoué à six reprises. À l'âge de quatorze ans, Zarathoustra les a démasqués. Les années suivantes, il a adoré le Seigneur jour et nuit, prosterné devant lui, jusqu'à ce que l'Esprit-Saint lui apparaisse un jour, sous la forme d'un ange, et le conduise au Créateur avec qui il a eu sept entretiens en dix ans, ce qui n'est pas donné à tout le monde. C'est fort de ce savoir qu'il a pu réformer la religion des Anciens et mettre fin aux superstitions, aux sacrifices sanglants ou à l'adoration d'une ribambelle de petits dieux, plus ou moins démoniaques, qui faisaient de l'ombre au Dieu unique, Ahura-Mazdâ.

Il y a du Pythagore en lui. Cet homme a révolutionné la pensée. Mais en restant dans le cadre d'une religion qu'il a réinventée.

Au nom du Seigneur, le très-grand, le très bon, le très-beau, Zarathoustra a indiqué la voie : tuer les ténèbres en nous et chercher à accéder à la sainteté. On s'assure ainsi une belle vie après la mort : pendant que les méchants subiront les pires châtiments, les justes seront récompensés par l'Immortalité.

Plusieurs vies, c'est bien. L'immortalité, c'est encore mieux. Amros préfère donc Zarathoustra à Pythagore.

Tout le monde est immortel ici-bas, mais personne ne le reste jamais longtemps.

Dans les cieux mazdéens, on peut être immortel pour la vie quand on a été juste et, aussi loin qu'il s'en souvienne, Amros a toujours été juste.

43

Le roi a mis un petit palais à la disposition des hommes de la caravane, ainsi qu'un prêtre pour aider Starclès à retrouver Zarathoustra.

Un bel homme, ce prêtre. Fort cultivé et très soigné. Il aurait supplanté le jeune Syrien dans la couche de Starclès s'il n'avait été réfractaire à ses avances qu'il repousse à grands cris. Un vrai cul cousu.

En compagnie d'Amros, du prêtre, du Syrien et du singe, Starclès a fait plusieurs expéditions, souvent de plusieurs semaines, notamment en Sogdiane, au-delà du fleuve Oxus, mais sans trouver la moindre trace du prophète.

« Il a été ravi au ciel », répète le prêtre avec un air informé.

De temps en temps, Starclès fait des crisettes et se demande à voix haute ce qu'il fait là, en Bactriane, à courir derrière la pierre et le fils de Pisistrate, alors qu'il pourrait jouir de la vie à Athènes, au milieu de ses oliveraies, avec sa femme et ses esclaves.

Dans ces moments-là, Amros se garde de le contredire. Souvent même, il abonde dans son sens, mais avec habileté, sans trop en faire.

« Peut-être qu'Isocrate est mort, lui dit un jour Starclès. À moins qu'il ne soit encore à la recherche de Zarathoustra.

— Qu'on ne l'ait pas encore vu à Balkh, voilà qui est troublant, observe Amros.

— Avec un Noir et un perroquet, il aurait peu de chances de passer inaperçu. »

Quelque temps plus tard, alors que Starclès prend l'air dans le jardin du petit palais, un homme se précipite sur lui, un poignard à la main. Amros, qui l'accompagne, saisit le poignet du séide et retourne son arme contre lui, sur la gorge qu'il ouvre en faisant jaillir une fontaine de sang, pareille à celle qui coule tout près dans une vasque de pierre rose.

Quand l'homme a cessé de se tortiller par terre, Amros fouille ses habits et trouve des pièces de monnaie à l'effigie d'Athéna ou de Poséidon.

Un Grec.

Qui donc, à Athènes, veut tant de mal à Starclès et à son expédition ? Starclès n'exclut aucune hypothèse. Mais il est sûr que c'est un complot et même un complot international.

« La prochaine raclure de ce genre, dit Starclès, il faudra essayer de ne pas la tuer et de la faire parler ! »

44

Une nuit, le roi fait réveiller Starclès. Le timonier se rend au palais royal avec Amros et ils trouvent le souverain affalé sur son trône, l'air désemparé, le teint livide.

« Mon fils et unique héritier est en train de mourir du mal des boyaux, dit-il. Sans lui, notre dynastie, celle des Kayanides dont je suis le sixième souverain, est condamnée à s'éteindre. Une seule personne peut le sauver : Zarathoustra, qui a déjà accompli tant de miracles. Trouvez-le-moi. Je vous donne tous les moyens du royaume, mes prêtres, mes policiers, mes forces armées, mais trouvez-le-moi.

— Sire, vous pouvez compter sur nous, fait Starclès.

— Nous irons le chercher jusqu'au ciel », renchérit Amros.

Le roi se lance dans le récit des miracles de Zarathoustra. Des miracles à couper le souffle, dont le moindre n'est pas la guérison du cheval noir du roi Vishtâspa, la monture préférée de feu son père, qui allait aussi vite que le vent. Un mal étrange lui avait fait rentrer, en une nuit, les quatre jambes dans sa propre chair. La bête transpirait en roulant des yeux épouvantés. On aurait dit une limace à crinière.

Après que les Karpan, les prêtres de la vieille religion, eurent lamentablement échoué à le remettre sur pieds, Zarathoustra fut appelé au chevet du cheval noir et le guérit en prononçant des mots inconnus. C'est ainsi que Vishtâspa et son épouse favorite se sont convertis à la bonne religion.

Quelque temps plus tard, feu son père, le roi Vishtâspa, a même connu l'extase divine après avoir avalé des hosties au pain azyme et bu les gobelets de vin rouge que le prophète lui avait servis.

« Si vous m'amenez Zarathoustra, conclut le roi, je vous donnerai mes deux filles en mariage. Ce sont certes des bâtardes mais avec elles il y aura de l'or, du bétail et des terres à perte de vue !

— Je suis déjà marié ! proteste Amros, une habitude chez lui.

— Où est le problème ? Si j'en avais le loisir, je me marierais tout le temps. La première nuit, c'est toujours le meilleur moment. C'est pourquoi il faut se marier souvent. »

Amros baisse la tête en caressant des moustaches imaginaires.

45

L'enquête avance à grands pas. Starclès est un expert et un artiste, dans le genre. Il cherche la femme.

Prophète ou pas, tout homme a une femme dont il ne peut se passer. Une mère, une amante ou une confidente. Parfois, une traînée.

Renseignements pris, la femme en question est une des filles de Zarathoustra, Pouroucistâ, qu'il a donnée en mariage à Jâmâspa, un ministre qui faisait la pluie et le beau temps, sous le règne de Vishtâspa. Elle a un certain âge, maintenant. Il ne lui reste plus que deux ou trois dents dans son sourire, ce qui ne semble pas la gêner pour se sustenter : elle est plutôt boulotte.

C'est avec Pouroucistâ que Zarathoustra passait ses rares moments de détente, au temps de sa splendeur. Quand Starclès apprend, par la police, qu'elle se rend souvent dans le village de Tâlj, à quelques collines de la mer Caspienne où elle n'a apparemment ni parents ni relations, il fait préparer des chevaux et part là-bas avec Amros, Pison, le jeune Syrien, le prêtre du roi, le molosse, le singe et une vingtaine de soldats.

Après avoir passé Tâlj au peigne fin, Starclès et Amros finissent par mettre la main, au fond d'une bergerie, sur un vieillard desséché et décrépit, enroulé dans un grand suaire, au fond d'une sorte de hamac suspendu à deux clous.

Il est couvert de mouches. Le garçon qui veille sur cette ruine a beau les chasser avec un balai de feuilles sèches, elles reviennent aussitôt, avec des bourdonnements irrités, comme si on voulait leur retirer la nourriture de la trompe.

À en juger par son regard fixe et ses joues caves, on pourrait croire que le vieillard est mort, mais il parle à voix basse, en chuintement, dans une langue que traduit le prêtre royal :

« Vous voyez, comme je l'ai toujours dit, je ne suis qu'un homme faible parmi des hommes faibles. Que me voulez-vous ?

— Du bien.

— En ce cas, que Dieu vous bénisse en sa bonne sagesse. »

C'est Zarathoustra, Starclès n'a aucun doute là-dessus. Amros non plus. Il émane un tel rayonnement de ce pauvre hère qu'il ne peut être qu'un prophète, un grand prophète.

On le soulève mais il pousse des cris de douleur et il faut le déposer de nouveau dans son hamac pour qu'il recouvre son calme qu'atteste un sourire noir, sans dent, un peu forcé.

« Quel âge avez-vous ? demande Starclès.

— Les années passent vite, je ne peux pas suivre. Comment savoir quelque chose qui change tout le temps ?

— Vous avez bien une petite idée. Mille ans ?

— Vous voulez rire ? Je ne suis pas Ahura-Mazdâ. Ne confondez pas. Je ne m'appelle pas le très-saint, le bienveillant, le protecteur, le créateur, le nourricier, le pur, l'héroïque, le sage, le grand et j'en oublie, tellement il a de noms, celui-là. Je ne suis qu'un pauvre homme qui répète ce que lui a dit le Dieu unique. Je vais mourir aussi, comme tout le monde. »

Il a perdu son souffle. Il halète un peu, avec un regard de noyé, tandis que Starclès lui demande des nouvelles d'Isocrate. Après un silence puis un bruit de bouche, il finit par répondre :

« J'ai vu ce garçon. Il est charmant mais un peu agité.

— Quand est-il venu ?

— Il y a quelques jours. Ce n'est pas de chance, vous auriez pu le croiser.

— Comment vous a-t-il trouvé ?

— On m'avait annoncé sa visite.

— Qui ? Pythagore ?

— Non. Un esclave, il y a longtemps de ça. Il préparait le voyage de son maître.

— Isocrate vous a-t-il parlé d'une certaine pierre, dite de la sagesse ?

— Non. Il a posé des questions très précises sur la bonne religion. Elles m'ont souvent étonné par leur pertinence. Mais j'ai senti qu'il n'avait pas envie de creuser. »

Il faut le laisser reprendre sa respiration. Amros en profite pour dire tout l'intérêt qu'il porte à Ahura-Mazdâ et à sa célébration du Bien.

« Depuis la nuit des temps, reprend le vieillard, il y a une lutte terrible entre l'Esprit-Saint et l'Esprit du Mal. Nous ne devons pas laisser faire mais choisir notre camp à chaque moment de notre vie. C'est en répandant partout le Bien autour de nous, en favorisant le juste, en secourant le pauvre, qu'on assurera son salut.

— Allez, ça va, on a compris », dit Starclès en grec, entre ses dents, pour signifier à Amros qu'il ne doit pas relancer le prophète.

Mais le vieillard continue de dérouler son fil. À son âge, il en a encore contre les méchants, les haineux, les calomniateurs, les impudiques, les sacrificateurs et les mauvais maîtres qui ruinent leur pays. C'est cette révolte qui maintient en lui la petite bouffée de vie que le poids des ans ne parvient pas à chasser.

Starclès finit par l'interrompre :

« Savez-vous où allait Isocrate ?

— Oui, il est allé retrouver Lao-tseu, Confucius et Vardhamana. Ils sont en conclave, avec d'autres, au congrès des prophètes, pour échanger des idées. J'y serais bien allé si j'étais transportable. Mais vous avez vu dans quel état je suis ? Pour les rejoindre, il faut traverser des montagnes plus hautes que le ciel. Je ne tiendrais pas le coup.

— Où est le lieu de rendez-vous ?

— À la naissance du fleuve Bleu. Dans l'Empire jaune, là où les gens ont des yeux comme des sourires. Un village dominé par une petite montagne dont la cime a la forme d'une croix. C'est très facile à trouver.

— Et quand le congrès se déroule-t-il ?

— Deux lunaisons après les premières fleurs. Vous avez le temps. Et si vous ratez le rendez-vous cette année, vous pourrez y aller l'an prochain. C'est un rite pour eux, ce congrès. Pour ma part, hélas, j'ai toujours d'autres engagements. Avec tout ce qu'Ahura-Mazdâ me demande, je serai pris jusqu'à la fin des temps. »

Quand, enfin, Starclès dit au prophète que le roi le supplie de se rendre de toute urgence à Balkh, au chevet de son fils mourant, que lui seul peut sauver, Zarathoustra étouffe un petit rire grêle :

« Il divague, notre roi. Je ne suis plus capable de rien. Surtout pas d'accomplir des miracles. Je suis à l'article de la mort, Ahura-Mazdâ me l'a fait savoir. Encore que, vu ma situation, ça ne sera qu'une formalité. Mais je vais mourir la conscience tranquille. Avec le sentiment du devoir accompli. Le monde ne va pas très bien, j'en conviens, mais il va quand même mieux qu'au temps de ma naissance, quand il était sur le point de tomber dans les ténèbres, sous l'empire de l'Esprit du Mal. Vous n'imaginez pas comme il est facile de mourir dans ces conditions. »

46

Starclès a demandé aux soldats de ramener le prophète à Balkh sur une charrette tirée par un cheval. Zarathoustra reposera à l'arrière dans son suaire, sur une couche de foin.

Sauf qu'il n'est pas d'accord. Les membres tremblants, le regard égaré, il se débat comme il peut en éructant d'une voix faible des imprécations qui n'ont aucun effet sur les soldats qui le portent dans le suaire :

« Maudits sont par le Seigneur ceux qui écartent l'humanité de la bonne voie,

Maudits ceux qui se nourrissent de chair et la profanent,

Maudits ceux qui sacrifient les bœufs,

Maudits les tyrans avides, les sacrificateurs sanguinaires et les diseurs de mensonges. »

Alors que les soldats l'installent délicatement à l'arrière de la charrette, Zarathoustra se met à tenir des propos incohérents avant de se mettre à rire, mais, cette fois, d'un rire joyeux dont on a peine à croire qu'il puisse sortir de ce petit tas de chairs presque mortes.

Puis sa tête retombe en silence. Le prêtre du roi s'approche, l'examine, lui mord le pied. Pas de réaction.

« Il est mort, laisse-t-il tomber.

— Il est mort comme il est né, en vivant immortel », dit Amros avec l'air pénétré de celui qui sait sa leçon.

Starclès pose sa main sur la poitrine du prophète et diagnostique :

« C'est vrai qu'il ne respire pas. Mais il n'a jamais beaucoup respiré, à ma connaissance.

— Quand il meurt, ce n'est jamais pour longtemps, ajoute le prêtre. Je me demande s'il ne s'ennuie pas, là-haut. »

Le convoi s'est mis en route pour Balkh. Alors qu'ils traversaient une forêt, Starclès et Amros se sont éclipsés, avec leurs soldats. Ils ne voulaient pas épouser les deux filles du roi. Ils avaient hâte de poursuivre Isocrate jusqu'au cœur de l'Empire jaune. Ils ont décidé de laisser leur caravane en Bactriane, avec ses chameaux et ses bouches inutiles, pour filer sur leurs chevaux vers les lueurs cendrées du soleil couchant.

47

Le voyage les a transformés. À force de se mélanger au soleil et à la poussière, ils ont fini par ressembler à des statues de sel. Il n'y a rien que du vide au fond de leur regard et ils n'arrivent même plus à sourire.

C'est à cause de la chaleur. À peine levé, le soleil besogne le monde avant de s'asseoir de tout son poids dessus. La vie est dure sous son fessier brûlant. Mauvais temps pour les poissons. Ils flottent, le ventre à l'air, à demi cuits.

Pendant des semaines, Starclès, Amros et les autres ont longé les rives du fleuve Oxus jusqu'en Gandhara, ne se nourrissant que de dattes, de noix et s'arrêtant à la tombée du soir pour repartir aux premiers frémissements du jour. Changeant de chevaux dès que ceux-ci donnent des signes de fatigue, ils ont mené un train d'enfer : c'était le meilleur moyen d'éviter les bandits de grands chemins qui, de leur promontoire, avaient à peine le temps de les voir passer.

Starclès soupçonne-t-il Isocrate d'être à l'origine des

attentats ourdis contre lui ? Un soir qu'Amros lui pose la question, le Grec continue de mâcher tranquillement le morceau de galette qu'il a dans la bouche.

« Chez nous, insiste Amros, quand on veut trouver le coupable, on cherche le mobile. Si on suit cette méthode, tout accuse Isocrate.

— Il faut toujours se méfier de la première impression, fait Starclès.

— Si ce n'est pas lui, c'est Pisistrate.

— Pourquoi Pisistrate chercherait-il à saboter une mission qu'il a lui-même ordonnée en essayant de faire tuer, par-dessus le marché, le suppôt que je suis ?

— Dit comme ça, opine Amros, il est sûr que ça semble idiot.

— Je me demande si ce n'est pas moi qui suis en train de devenir idiot. »

Tout d'un coup, Starclès a l'air perdu et même stupide. Il croit toujours si intensément à ce qu'il dit qu'il finit souvent par le mimer physiquement. Aucun recul. Ce n'est pas à Amros que ça arriverait. La sincérité n'a jamais été son fort, au Celte. Il n'a pas le visage changeant, lui.

Après un long silence, Starclès finit par laisser tomber :

« En fait, je crois savoir qui est derrière tout ça mais je refuse de l'admettre. C'est tellement affreux que ça me triste, rien que d'y penser. »

C'est ce soir-là que Starclès a fait raser la tête de deux esclaves pour tatouer lui-même sur leur crâne un message destiné à Pisistrate. Un message dont personne, pas même Amros, ne devra connaître la teneur, sous peine de mort.

En attendant que leurs cheveux repoussent, les esclaves porteront des bonnets en peaux de lapin. Ensuite, Starclès les enverra à Athènes où Pisistrate sera le seul habilité à les faire raser pour prendre connaissance du message.

« Si l'un d'eux meurt en route, a expliqué Starclès à Amros, il reste encore une chance pour que l'autre arrive à destination.

— Et si les deux décident de reprendre leur liberté ?

— Impossible. Le premier a une épouse, qui est cuisinière chez moi. Le second, un frère qui travaille dans mon domaine. En plus, je leur ai dit que j'affranchirais tout le monde : ça devrait les motiver pour arriver à bon port, ne crois-tu pas ? »

Un malin, ce Starclès. Le prince de la fallace et de l'entourloupe. D'où sa fortune. Ce que les riches ont de plus que nous, c'est d'abord la ruse, cette sœur dévergondée de l'intelligence.

Les jours passent, les villages, les paysages. Ils longent désormais l'Indus. Au bout de quelque temps, après que les deux esclaves, leurs cheveux repoussés, ont été envoyés à Athènes, le cortège parvient dans une vallée, au pied d'une montagne. Au milieu court une rivière qui se jette dans un lac où dort une eau noire, sous des coulées de nuées. Ici, l'air est bon et tendre.

Les crocus sont en fleur. Jaunes, orange ou violets, ils répandent un léger parfum de safran, qui chatouille les poumons. Il y en a partout, notamment le long de la route où ils font tapisserie.

C'est le royaume de la Vérité. Le roi Gradlok a donné ce nom à son pays parce qu'il considère que le mensonge est un crime et même le pire de tous. Il l'a rendu passible de la peine de mort dès la petite enfance. Pas de pitié ni d'exception.

Aussi règne-t-il dans son royaume une vie tranquille et silencieuse. À peine si les gens échangent quelques paroles quand ils se croisent, pour commenter le temps, et encore, ils n'épiloguent pas, ce pourrait être dangereux, un mensonge est si vite arrivé.

Quand ils se retrouvent devant le roi Gradlok, un petit vieillard au sourire débonnaire, Amros et Starclès sont sur leurs gardes. Il a une expression enfantine et semble toujours téter quelque chose, qu'il parle ou qu'il mâche.

C'est l'heure du goûter. Il est en train de manger des beignets d'oreilles de bébé. Il en propose à ses deux visiteurs, mais ils en ont l'appétit coupé. « Essayez, insiste-t-il, c'est succulent, surtout avec un peu de miel. » Ils secouent la tête. « Mais je ne tue pas les bébés, ajoute-t-il. Je prélève uniquement leurs oreilles. » Ils secouent de nouveau la tête.

Après que le Grec lui eut raconté leur histoire, mais en omettant l'essentiel, c'est-à-dire la pierre de la sagesse, le roi Gradlok semble dubitatif.

« N’avez-vous rien oublié ? finit-il par demander.

— Je ne crois pas, majesté.

— Eh bien, je vais maintenant poser les mêmes questions à chacun des personnages qui vous accompagnent et je verrai si leurs réponses correspondent. Évidemment, si tel n’était pas le cas... »

Starclès se mord les lèvres, le temps de réfléchir, puis :

« Ils vous parleront sûrement d’une pierre qui a des propriétés très particulières.

— Nous y voilà.

— Majesté, je n’ai rien à cacher, proteste doucement Starclès.

— Vous aviez quand même oublié de m’en parler, dit le roi. Le mensonge existe aussi par omission.

— Mais ce n’est pas important. Cette pierre, ça n’est pas le cœur de l’histoire.

— Expliquez-moi. Que je puisse en juger par moi-même. »

Quand Starclès a fini de raconter son histoire, le roi Gradlok lui annonce qu’il est condamné à la prison à perpétuité. Même punition pour Amros, coupable de complicité et même de recel, car il a laissé dire.

« Chez nous, dit le monarque, le mensonge par omission est puni avec la même sévérité que les autres mensonges. À mes yeux, il est même plus grave parce qu’il dénote un esprit hypocrite et pervers.

— Mais le mensonge par omission adoucit les

mœurs, observe Amros. Il permet d'éviter les disputes, les conflits et même les guerres.

— N'aggravez pas votre cas. Je vous ai donné les circonstances atténuantes, vu que vous êtes nouveaux au royaume, mais n'abusez pas de ma bonté. »

Après avoir échangé un regard consterné avec Amros, Starclès laisse tomber :

« Merci de votre clémence, majesté.

— Je ne suis pas clément, objecte le monarque. Je suis juste. »

Le roi Gradlok fait un geste de la main comme s'il demandait qu'on le débarrasse de ses visiteurs. Les gardes se précipitent sur les deux hommes, leur ligotent les poignets et les emmènent loin du palais royal, sur les flancs de la montagne. Là, ils sont jetés dans deux puits profonds, creusés dans la pierre et recouverts de planches, où ils sont destinés à croupir jusqu'à la fin de leurs jours.

Les compagnons d'Amros et de Starclès ont été condamnés, eux, à un séjour de deux ans à la Ferme de la Purification. Après un jeûne de trois jours, ils n'ont eu le droit de manger que de la bouse de vache, cuite, sèche ou nature. Pour les aider à accepter cette nourriture, on les en a gavés quelque temps et ils ont fini par s'y faire.

La vache est la mère de l'humanité. Depuis la création du monde, elle lui a tout donné, mais sans jamais rien recevoir en retour. C'est pourquoi elle est si vénérée, au royaume de la Vérité où l'on veut lui rendre un peu de cet amour dont ses pis nous ont abreuvés, depuis notre enfance. On lui donne des fêtes, on la laisse n'en faire qu'à sa tête et on bourre les condamnés de sa bouse pour chasser les mauvais esprits qui les habitent.

Ça les purifie sûrement, mais les tue souvent. Pison est mort le premier, puis le Syrien, puis les autres. Seul, le singe a survécu.

48

Les jours passent, les semaines, les mois, bientôt les années. Mais Amros et Starclès ne meurent pas. Les gardiens de la Vérité sont aux petits soins pour eux. Grâce à une poulie, ils font descendre aux prisonniers des fruitages, de la soupe, des noix, du fromage ou du miel, avant de remonter leurs déjections dans un autre seau.

L'hiver, il fait souvent très froid. Mais les gardiens de la Vérité donnent aux deux prisonniers tout ce qu'il faut pour ne pas geler. Des couvertures et même des briques chauffées au feu.

N'étaient le noir et la solitude où ils végètent, Amros et Starclès ne seraient pas trop à plaindre. Ils ne manquent de rien, sauf de quelqu'un à qui parler. Ils ne vivent que dans leur tête, mais enfin ils vivent. Le Celte, surtout. Il ne s'ennuie jamais, car il y a foule au-dedans de lui.

Le vent ne descend pas au fond de son trou, mais Aure, oui. Il suffit qu'Amros ferme les yeux et elle surgit. Il la contemple des heures. Elle a les couleurs des beaux jours.

Rien ne résiste jamais à l'amour. Aure en est la preuve. Melissa aussi, tout comme Phano.

C'est l'amour qui le maintient en forme. Jour et nuit, Aure le remplit de lumière, de senteurs forestières, des parfums les plus secrets de son corps. Elle lui tient chaud aussi.

Quand il se lasse d'Aure, c'est au tour de Melissa et de Phano de le rejoindre. Même dans son trou, un amour en cache toujours un autre.

Un jour, le roi Gradlok meurt assassiné. Un coup de couteau dans le cœur, sans qu'une goutte de sang n'ait coulé. Il y a deux façons de vieillir : pourrir ou sécher sur pied. Le souverain était tout sec. Comme du bois mort.

Le lendemain de son décès, les gardiens remontent les deux hommes à la surface. Leurs yeux n'ayant guère servi depuis longtemps, Amros et Starclès ne voient pas grand-chose. Ils sont tout étourdis quand ils arrivent, avec le singe, libéré lui aussi, devant le nouveau monarque. C'est la nièce du défunt, une grosse petite femme aux yeux d'écrevisse et aux sourires mielleux : la reine Kokonor.

Elle a décrété la révolution, ce qui lui a permis de se débarrasser, en quelques heures, des suppôts de l'ordre ancien. Elle entend instituer un nouveau régime sur les décombres du royaume de la Vérité.

Comme son oncle, elle parle grec mais le sien est

parfait. Nul besoin d'un traducteur. Elle aurait, en revanche, besoin d'un esclave avec un éventail, pour lui battre un peu d'air, car elle transpire à grosses gouttes une sorte de liquide jaune, sans doute de la graisse chaude.

« La vérité est un mensonge auquel on s'est habitué, dit la reine Kokonor.

— Vous avez raison, majesté, dit Amros qui a toujours pensé le contraire. On ne s'en méfie jamais assez.

— En plus, même si elle nous arrange, la vérité est toujours ennuyeuse à mourir. »

Amros sait s'y prendre, en matière de courtisanerie. L'air pénétré sitôt que la reine ouvre la bouche, fût-ce pour toussoter. Le sourire entendu, le regard fasciné, le hochement de tête à répétition. Un flagorneur professionnel.

« Merci de nous avoir délivré de la vérité, majesté, fait Amros. Par quoi comptez-vous la remplacer ?

— Par la justice. C'est pourquoi notre pays porte désormais un nouveau nom : le royaume des Grands Principes.

— Un très beau nom, majesté.

— J'ai décidé que je serais une reine très gentille au service de sujets très gentils. »

Sa tête dit l'inverse. Des lames de poignards luisent dans l'ombre de son regard. Amros feint de n'avoir rien remarqué et dit, en prenant le bras de Starclès pour signifier qu'il parle aussi en son nom :

« Nous serions fiers de vous servir, majesté. »

C'est ainsi qu'Amros et Starclès sont admis à la cour de la reine Kokonor. Une bonne planque. Ils sont nourris, logés, habillés, avec trois esclaves au service de chacun. Une pour le ménage, une pour l'amour et un autre pour tout le reste. On leur a aussi rendu leurs armes et l'épée royale du Celte est du plus grand effet. Devant les dames, surtout.

« Dès que nous aurons repris des forces, il faudra repartir, murmure Starclès dans l'obscurité du couloir conduisant à leur chambre.

— On n'a plus aucune chance de retrouver Isocrate ni la pierre de la sagesse, objecte Amros. Et on n'est plus que trois, si on compte le singe, qui est plus un boulet qu'autre chose.

— En effet. Mais Pisistrate m'a confié une mission. J'irai jusqu'au bout.

— Je t'en prie, donnons-nous quelques semaines encore, le temps de reprendre des forces.

— Non, quelques jours. »

Starclès n'est pas dupe. Amros veut rester parce qu'il est tombé amoureux de la bru de la reine, une beauté aux yeux verts, dont l'apparition l'a cloué au poteau de la déraison. Elle a quelque chose d'enfantin sur le visage, quelque chose qui lui a fait ramentevoir Aure, mais avec une assurance joyeuse et des pupilles perçantes dans ses yeux ovales. Les deux en une.

« Pas de bêtise, dit Starclès. Promets-moi de te tenir tranquille avec la bru. »

Amros lui donne sa parole. Mais le lendemain, sous le prétexte que la belle n'est pas insensible à son charme, il lui adresse des œillades. Elle pouffe et rougit avant d'esquisser, dans sa direction, un sourire qui promet autant de baisers qu'une pluie de pétales.

Il s'avance, elle s'approche. Ils ne parlent pas la même langue mais ils se regardent, se touchent, se comprennent et se retrouvent dans un bosquet, deux jours plus tard. La bru n'a pas quinze hivers mais Amros est vite dépassé par l'averse joyeuse qui, ce soir-là, déferle sur lui. Dévoré et bouleversé, il ne peut que se laisser emporter. Jusqu'à ce que surviennent les gardiens des Grands Principes qui étaient, il y a quelques jours à peine, ceux de la Vérité.

Au temps du roi Gradlok, la belle-fille aurait pu s'en sortir. Il eût suffi qu'elle avouât sa faute et elle aurait été absoute. Mais les temps on changé, depuis l'avènement de la reine Kokonor qui a détrôné la vérité au profit de la justice. Désormais, on est condamné à mort dès lors qu'on a bafoué les Grands Principes. Nulle échappatoire. Même pour la famille royale.

La bru est donc décapitée quelques heures plus tard, après avoir beaucoup pleuré. La légende dira que ses larmes ont continué de couler longtemps après que le bourreau lui a tranché la tête.

Quant à Amros, la reine Kokonor a décidé de s'amuser avec lui. Elle adore les combats. De coqs, de chiens, de boucs, d'humains. Elle lui fera affronter son tigre, devant sa cour au complet, avec un poignard, pour lui donner une chance. Si le Celte s'en sort, ce qui paraît impossible, il sera gracié.

C'est un tigre apparemment très doux. Un amour de bête, un modèle de gentillesse. Dans sa cage, il y a toujours un chevreau qu'il traite avec tendresse. Il le lèche, le caresse, joue avec. On dirait même qu'il lui parle à l'oreille, comme une mère avec son petit.

Mais il faut lui changer son chevreau chaque jour.

49

Amros est arrivé le premier dans la fosse. Il attend, le cœur battant à tout rompre, la narine tremblante, le souffle court. Au-dessus de lui, sur les gradins, la cour de la reine Kokonor bourdonne de conversations futiles.

Bien qu'il soit environ minuit, des odeurs du matin traînent dans l'air, des senteurs de feuilles fraîches qui résistent à la tiédeur laissée par le soleil. Amros a froid et pourtant il transpire.

Quand le tigre pénètre dans l'arène, le silence est tel qu'on entendrait presque les nuages glisser dans le ciel.

La bête ressemble à un gros chat orange au pas lourd. Il balance la tête et marche des épaules, comme tous les fanfarons, mais il semble très fatigué. On dirait que ses pattes s'enfoncent dans le sol et qu'il a du mal à les retirer.

Au lieu de se précipiter sur Amros pour le boulotter tout de suite, le félin longe les murs, comme pour contourner sa proie. Sans doute aussi pour prendre possession des lieux. Starclès, qui avait déjà vu des tigres, a dit au Celte, avant le combat, qu'ils attaquent toujours leur victime par-derrière, en traître. Amros ne le quitte pas un instant du regard.

Tout en pivotant sur lui-même, pour ne pas lui offrir son dos en pâture, Amros parle au tigre. Mentalement, mais aussi à haute voix. En celte, puis en grec, pour être sûr qu'il sera compris, et en essayant d'illustrer son propos par des images : les bêtes adorent les images. C'est un des enseignements de Pythagore, un expert du langage des animaux. À plusieurs reprises, il a prouvé que l'on peut communiquer avec eux. Il a ainsi convaincu l'ours de Daunia de ne plus s'attaquer aux gens ou le taureau de Tarente de ne plus manger de fèves vertes. Pourquoi ce fauve n'entendrait-il pas raison, lui aussi ?

Amros tente de persuader le tigre qu'il vaudrait mieux faire la paix, qu'ils n'ont pas été mis au monde pour servir de distraction à une reine cruelle.

« Je suis sûr que ma viande est infecte, s'écrie-t-il pour emporter la décision. C'est de la carne. J'ai tellement tué qu'elle sent la mort. Si tu la manges, tu seras malade et tu mourras. »

Le tigre ne répond pas. Il continue de faire le tour de la fosse avec son sourire énigmatique d'où s'échappent des filets de bave. La bave de la bête à crocs devant son manger.

Amros sait ce qui lui reste à faire : attaquer. Le fauve

n'a pas prévu le coup. Sans doute est-il une autorité, dans son genre. Nul, sur cette terre, ne s'est jamais risqué à lui chercher noise. C'est toujours lui qui fixe les règles du jeu. Là, il prend son temps en soupesant d'un œil apparemment placide les chairs pleines de jus de sang qui pantèlent devant lui.

Un ennemi surpris est déjà à moitié pris. Au lieu d'attendre que le tigre se décide à lui sauter dessus, la gueule ouverte, en visant la nuque, Amros foncera sur lui et lui crèvera les deux yeux. Enfin au moins un des deux yeux.

Après plusieurs années passées au fond d'un puits, il n'est pas au mieux de sa forme, même s'il s'est appliqué, tout au long de sa réclusion, à s'entretenir. Mais il n'a pas le choix.

« Mazigotte ! » hurle-t-il.

Il a attendu que le tigre ait le soleil dans les yeux pour fondre sur lui en poussant des hulées à faire trembler les dieux les plus féroces, tandis que monte des gradins une rumeur où se mêlent plaisir, horreur, étonnement.

Le tigre s'enfuit, le cul bas, comme un chien battu. Amros se met à courir, le poignard en avant, mais la bête va plus vite. Elle refuse le combat.

Amros la poursuivra, en l'insultant ou se moquant d'elle, jusqu'à ce que la reine Kokonor annonce, sous les applaudissements de la cour, qu'elle le gracie.

50

L'homme et la femme sont des animaux honteux. Sauf quand il fait très chaud et qu'ils doivent se découvrir. Ce jour-là, il règne dans le palais une atmosphère étouffante, mais la reine ne s'est pas découverte. Elle transpire abondamment sous ses parures bariolées. On dirait une perruche mouillée.

« Je veux que vous restiez, dit-elle à Amros et Starclès. J'ai de grands projets et, pour mes guerres, j'ai besoin d'hommes comme vous. Comme toi, surtout, Amros.

— Nous n'aimons pas la guerre, majesté, objecte le Celte.

— En plus, ajoute Starclès, nous devons poursuivre notre voyage pour rencontrer un prophète.

— Lequel ?

— Lao-tseu, majesté. »

La reine Kokonor est manifestement contrariée. Ses narines et ses yeux se plissent. Ce nom ne lui est pas inconnu.

« Il vous fera perdre votre temps, soupire-t-elle. Si vous voulez voir un prophète, nous en avons un sous la main, ici, sur la montagne. Il est visible tous les soirs, après le coucher du soleil.

— C'est à Lao-tseu que nous voulons parler. »

Elle retire sa couronne sertie de pierres précieuses pour se gratter le crâne, puis dit en se levant :

« Eh bien, je vous laisse à votre erreur. »

Les deux hommes prennent congé de la reine et, après avoir recouvré leurs armes, partent avec le singe et un interprète en direction de la source du fleuve Bleu.

Bien que fâchée, Sa Majesté a été généreuse. Ils ont eu droit à trois chevaux, à trois ânes pour les bagages et à trois yacks pour le lait. Sans parler des provisions, pour plusieurs semaines, et des manteaux en peaux de bête pour affronter le froid.

Après avoir traversé des champs de moutarde, de blé ou d'orge, ils ont grimpé des pentes où paissent des ânes sauvages avant de circuler dans des paysages grandioses qu'inondent, parfois, des mers de nuages lactés. Quand elles se retirent, on se croirait au centre du monde, entre les cimes élancées, coiffées de leurs chapeaux de neige.

L'interprète aime jouer de la flûte en chemin. Il s'appelle Zazo. Un beau brin de jeune homme aux yeux bridés, coiffé au bol, tout en muscles, avec une grosse verrue sur la joue. Starclès lui apprend le grec, la mer et les dieux. Sans oublier la chosette, cela va de soi, mais à un rythme moins soutenu que d'ordinaire. Marcher fatigue. Surtout dans le froid.

Souvent, les trois hommes ont le sentiment de tourner en rond sur leurs sentiers tortus, entre les montagnes chenues qui dégorgent leurs langues de glace; en réalité, ils se rapprochent, sans trop de détours, de leur objectif. Starclès reste un marin, même à terre.

Quelques mois plus tard, alors que le printemps met en fleurs les cerisiers, les pêchers et les jeunes femmes, ils arrivent à destination, un gros village semblable à un tas de pierres jetées au fond d'une vallée. Mais il grouille de vie, d'enfants, de porcs, de chiens, au pied de la petite montagne herbeuse avec son sommet biscornu, un peu en forme de croix, qui semble veiller sur lui.

Une vieille femme les mène à Lao-tseu. Assis sur une pierre, au bord d'une rivière, il a le regard qui s'en va dans l'eau qui coule. Il n'entend pas quand on lui parle. Il se trouve dans un état second, une sorte d'extase, en plein voyage spirituel.

Avec ses yeux chassieux, sa bouche qui s'étire jusqu'aux oreilles qu'il a très grasses, ses dents noires comme des clous de girofle, les filaments de cheveux malades ou de duvet de barbe qui coulent le long de son visage rissolé, Lao-tseu est d'une laideur insigne. Il est aussi très gras pour quelqu'un qui prêche tout le temps l'ascèse et le renoncement.

Au bout d'un moment, son regard quitte l'eau et revient dans ses orbites. De retour sur terre, Lao-tseu demande dans une langue hachée, où les mots trébuchent, et que traduit péniblement l'interprète :

« Vous venez pour le congrès ?

— Le congrès ?

— Le congrès des prophètes.

— Non, répond Starclès avec hésitation, parce qu'il n'est pas sûr d'avoir compris.

— Oui, corrige aussitôt Amros. Mais nous ne sommes que des prophètes amateurs.

— Nous accueillons tous les prophètes, dit Lao-tseu. Les petits comme les grands.

— Nous cherchons un Grec du nom d'Isocrate.

— Je crois que je le connais. Un garçon avec un perroquet ?

— En effet.

— Il est venu plusieurs fois à notre congrès. Mais on ne l'a pas vu l'an dernier.

— Va-t-il venir cette année ?

— Je l'espère. C'est quelqu'un de très intéressant.

— Vous ne savez pas s'il vient ? » insiste Starclès.

Lao-tseu se lève avec un bruit d'os avant de murmurer :

« Vous verrez bien. Vous, les gens du monde avide, vous ne pouvez jamais attendre. Eh bien, sachez que la perfection, ici-bas, c'est l'eau. Enfin, quand elle ne lutte pas et qu'elle se laisse aller. L'eau qui accepte son destin.

— Ce n'est pas du tout ma conception de la vie, proteste Starclès. Il y a tant de choses à faire sur cette terre !

— Vous n'y êtes pas. Même si vous avez l'illusion du contraire, c'est le tao qui décide de tout pour vous.

— Qu'est-ce que c'est, le tao ? demande Amros.

— L'alternance du jour et de la nuit, du printemps et de l'hiver, du yin et du yang. Le yin, c'est l'ombre, le froid, la femme. Donc, le repos. Le yang, c'est la lumière, le chaud, l'homme. Donc, l'énergie. Le monde va sans cesse de l'un à l'autre. »

Lao-tseu a parlé d'une voix faible, sous l'œil sceptique de Starclès, avant de lui tourner le dos : la discussion est close. Le prophète se sent à la fois inférieur et supérieur. Trop petit pour ses idées et trop grand pour les humains. C'est peut-être la raison pour laquelle il a l'air si fatigué.

Plus tard, alors que le soir tombe, Starclès et sa petite bande reviennent au bord de la rivière. Ils cherchent leurs bêtes qu'on leur a volées. Lao-tseu est toujours là, sur sa pierre.

Il leur fait l'article sur le tao. C'est le principe universel, quelque chose d'indéfinissable, à l'origine de tout, qui conduit le monde en transformant éternellement la vie. Pour accéder à la sagesse, il faut se mélanger à lui par la pauvreté, la méditation, le refus d'agir, l'harmonie avec la nature et les exercices de respiration. Lao-tseu se définit ainsi comme un prophète modeste.

À ses yeux, ce n'est pas le cas des autres. Ni de

Confucius qui, pour humaniste qu'il soit, incarne le conformisme et tous les compromis avec les pouvoirs en place qu'il entend servir en célébrant le « juste milieu ». Ni de Bouddha qui, si doué soit-il, a échafaudé tout son système de pensée pour échapper à la douleur qu'il ne supporte pas. Sans doute sommes-nous pris malgré nous, comme il le dit, dans le grand cycle des transmigrations, qui nous fait continuellement changer d'existence. Mais la vie n'est-elle pas belle en soi ?

Là-dessus, Starclès et Amros ne sont pas d'accord. Ils en discuteront tard dans la nuit en regardant la voûte céleste.

Amros est passionné par tout ce qu'il a entendu. Starclès ricane et le traite de naïf.

« Fais très attention, dit Starclès. Tu es en train de tourner au lèche-cul de prophète. Or, à mon sens, s'il y a un prophète qui s'impose, c'est Héraclite et lui seul.

— Parce qu'il est grec, bien sûr.

— Non, parce qu'il se moque de tout, et notamment de ses collègues. Quand on ne sait pas rire, c'est qu'on n'a rien compris. »

51

Il pleut. Les premiers jours, la terre se tordait de plaisir sous les ondées. Mais quand les trombes ont déferlé, elle s'est mise à pleurer. On marche sur un tapis de larmes, on patauge dans le chagrin.

Starclès et l'interprète ont trouvé du travail. Ils sont vachers. Criton le Singe est à son affaire. Il se gave de bouse : ça lui rappelle la Ferme de la Purification, au royaume de la Vérité. Amros, lui, est homme à tout faire d'un tailleur de pierres. Ils sont trempés jusqu'à la moelle, ce temps les épuise.

Le village de Lou-tchéou où se déroule le congrès des prophètes est plein à déborder. D'eau mais aussi de monde. De partout arrivent des disciples à l'air pénétré ou des paysans avec des paniers de cerises, des sacs de riz ou des grappes de canard, qu'ils viennent vendre au marché.

Enfermés dans un pavillon de bois rouge, les prophètes passent leurs journées à boire, à parler et à manger. Il y a là Lao-tseu, le moins loquace, toujours recroquevillé dans ses guenilles, Vardhamana, dit Mahavira, un bel homme maigre, habillé de blanc, et Confucius, un gros père qui en impose, avec ses deux assesseurs à tête de prince, Mong I-tse et Nan-kong King-chou.

Le soir, Amros, Starclès et l'interprète viennent les écouter. Ils ont du mal à suivre, surtout quand les prophètes se mettent à parler tous en même temps, ce qui est fréquent tant ils sont pleins de leur sujet et sûrs d'avoir raison. Ils ne sont pas d'accord sur bien des points, mais, apparemment, aucun ne croit en un Dieu tout-puissant. Encore moins à plusieurs divinités qui, comme Zeus et les autres, se chamailleraient dans le ciel.

« Il semble que Zarathoustra ne viendra pas encore cette fois, dit, un soir, Vardhamana.

— Il peut toujours venir, objecte Confucius. Même s'il est mort. C'est un ressusciteur professionnel qui, entre nous, tient plus du mage que du prophète. »

Amros s'insurge alors par la voix de l'interprète :

« J'ai bien connu Zarathoustra. C'était un grand homme.

— Peut-être, mais il pensait mal, dit Vardhamana. Et puis, franchement, qui peut encore croire à cette histoire de lait céleste tombé entre les cuisses d'une vierge pure pour enfanter Zarathoustra ? On ne peut pas gober ce genre de sornettes.

— Soit, concède Amros. Mais comment oublier que Zarathoustra a inventé l'Esprit du Mal ?

— Et alors ? En quoi cela a-t-il fait avancer l'histoire de l'humanité, je vous le demande ?

— Parce qu'il a inventé, du même coup, l'Esprit du Bien. »

Lao-tseu toussote pour obtenir le silence, puis, quand tous les yeux sont tournés vers lui :

« C'est quand on a décidé du bien que cela devient le mal. »

Amros ne comprend pas, mais approuve en opinant. Souvent, l'intelligence consiste à ne pas essayer de comprendre. De ce point de vue, le Celte a toujours été intelligent.

Le lendemain, alors que la pluie a cessé, les trois compères croisent Vardhamana qui rentre d'une promenade, la tête un peu baissée et les sourcils froncés, en pleine méditation, comme il sied aux prophètes. Il tient à la main un petit balai en poils de queue de vache pour écarter les insectes. Il a trop peur d'en écraser et une vie est une vie, fût-elle minuscule. Il reconnaît d'emblée Amros et commence à lui servir son prêche. Les bienfaits du renoncement à tout. La perfection par l'ascétisme et le détachement.

Starclès finit par interrompre un développement sur le temps que l'on perd aux plaisirs, pour lui demander par l'entremise de l'interprète s'il connaît Isocrate.

« Bien sûr, répond Vardhamana. Il était, il y a peu, mon conseiller en faire-savoir, c'est important le faire-savoir, ça vous amène du monde, mais il m'a quitté du jour au lendemain pour devenir l'homme de confiance d'un dénommé Bouddha, mon principal rival désormais, un type doué qui ne s'embarrasse pas de scrupules, vous savez comment sont les jeunes de nos jours...

— Pensez-vous qu'Isocrate va participer aux travaux ?

— Si Bouddha vient, oui, mais je doute qu'il vienne, parce qu'il a été fort contesté par Lao-tseu, lors de notre dernier congrès. Un caractère de cochon et une peau de vache, celui-là. Il ne cède jamais rien à personne. »

Les trois compères ont l'occasion de le vérifier le même jour en assistant à un échange entre Lao-tseu et Confucius, devant les gens du cru. Les deux hommes se connaissent depuis longtemps. Après avoir accumulé un lourd contentieux, ils ont décidé de le vider sur la place publique qu'éclairent quelques flambeaux et la lune aux trois quarts pleine. N'était l'odeur de cave qui monte dans l'humidité de l'air, ce serait une belle nuit.

C'est Confucius qui ouvre les hostilités. Il a de l'allure et le sait, malgré son front bosselé, ses narines larges et ses incisives de lapin qui pointent derrière les deux grosses limaces de sa bouche. Il parle d'une voix sûre :

« Tu as passé ta vie à t'enfermer, à te replier, à te rapetisser. Regarde ce que tu es devenu.

— Que suis-je devenu ?

— Un rien.

— Et toi, pauvre pomme ? s'amuse Lao-tseu. Crois-tu que tu es quelque chose sous prétexte que tu es toujours du côté du manche et que tu n'as jamais cessé de lécher le cul des puissants ? Tu as la langue râpée, à force. »

Confucius la tire pour démontrer le contraire, mais il fait trop sombre pour vérifier.

« Tu me reproches de fréquenter le monde, répond Confucius, mais je le fais pour le mettre en garde. Contre la décadence, les excès, les passions. Il est sorti de la voie et je suis la cloche qui avertit le peuple.

— Non, tu te prends trop au sérieux avec ton air suffisant et ton zèle débordant. Tu perds ton temps et tu nous fais perdre le nôtre.

— Mille excuses, c'est toi, le plus vaniteux d'entre nous, toi qui prétends accéder à la sainteté. Quelle fatuité ! Moi, je me contente de cultiver la vie, la mesure, le juste milieu, en suivant les rites de nos ancêtres et sans me laisser troubler par tous ces sentiments qui, comme la joie ou la colère, sont nos boulets. Je ne la ramène pas alors que toi... »

Confucius pense avoir frappé un grand coup, parce qu'il hoche la tête à plusieurs reprises, pour s'approuver lui-même.

« Tu allègues, reprend-il, que nous sommes de passage sur cette terre et condamnés à disparaître dans le néant de la matrice originelle pour renaître ensuite. Admettons. Mais est-ce une raison pour se vider de tout, ne rien faire, renoncer à toutes les bonnes choses, comme le vin et la viande ? De quoi veux-tu nous punir ? De vivre ? »

En guise de réponse, Lao-tseu se nettoie les dents avant d'examiner à la lueur des flambeaux ce qu'il tient, comme un trophée, entre le pouce et l'index. Une graine de courge.

« Regarde comment tu te tiens, proteste Confucius. C'est bien la peine de nous rebattre les oreilles de tes prétendus exploits. De te vanter de monter au ciel en plein jour ou d'obtenir le vide parfait dans ta tête. Quelle est donc ta conception de l'homme pour te comporter de la sorte, comme un non-être, sans dignité aucune ? »

Lao-tseu lâche un pet sonore et tout le monde rit, à part Confucius et ses deux assesseurs.

« Est-ce donc juste ça pour toi, un homme ? Un souffle puant ? Du vent de ventre ? »

Lao-tseu pète une seconde fois et un rire parcourt de nouveau l'assistance, comme un frisson à la surface d'un étang.

« Ce que tu viens de faire te résume assez bien, ironise Confucius.

— Si tu crois me blesser, tu te trompes. Tout, sur cette terre, revient toujours à son point de départ. C'est une loi universelle que tu devrais connaître, toi qui prétends tout savoir.

— Tu n'es qu'une chiure de mouche, siffle Confucius entre ses dents de la chance.

— Et toi, une outre pleine de vent ! »

Lao-tseu se ferme sur lui-même, comme une huître, en respirant à peine, par le nez, avant d'expirer par la bouche. Il fait circuler le souffle où il veut, au-dedans de lui, pour se purifier. Ses chairs sont toujours par terre, en tas, mais lui, il est monté très haut.

Le surlendemain, alors que le congrès des prophètes est terminé, Lao-tseu n'a toujours pas changé de position. On dirait que son fessier a pris racine. Amros, qu'il a impressionné, vient prendre congé de lui. Il est accompagné de Vardhamana et de sa dernière passion, Oïe, une jeune fille aux yeux verts. Elle a, comme lui, les pupilles dilatées. C'est l'amour. Le Celte l'a rencontrée la veille.

Elle était besognée par trois hommes en même temps, au fond d'une cour, et une dizaine d'autres observaient le manège en attendant leur tour. Amros l'a emmenée avec lui après avoir mis en fuite ses prétendants d'un instant.

Elle a seize ans, les cheveux roux, le regard cassé et porte un gros anneau au nez. Dans la journée, son maître la tenait attachée à un clou avant de la donner, le soir, en pâture aux hommes du village.

Elle a besoin d'amour. Amros lui en donnera. Il y en a tant en lui. Quand il embrasse Oïe, il pense ainsi à Aure, à Phano, à Melissa et à toutes les autres. À Aure, surtout.

« Que fais-tu ? demande Vardhamana.

— Je chasse la vieillesse en moi, répond Lao-tseu, la bouche sèche.

— Crois-tu que ce soit la bonne manière ?

— Pour accéder à la sainteté, donc à l'immortalité, rien ne vaut l'inaction, l'ascèse et la méditation.

— Mais n'y a-t-il pas de grandes choses à faire, ici-bas ?

— La plus grande chose est de savoir dire merde à tout et à tous. C'est la vacuité qui conduit à la plénitude. »

Vardhamana tente de traduire sa conversation avec le prophète mais Amros n'y comprend pas un traître mot. Oïe résumera l'échange. Il leur suffit de se regarder dans les yeux et tout est dit. Ce sont les avantages de l'amour.

Après, ils rejoignent Starclès, Zazo et Criton le Singe puis, sous la conduite de Vardhamana, précédé par son balai en poils de queue de vache, ils partent pour le pays de Bouddha.

52

Des semaines plus tard, ils arrivent à destination. Un bourg, au fond d'une plaine, dans la vallée du Gange : c'est Barapuri. Les maisons à toit plat ont l'air exténuées, sous le fleuve du vent qui, parfois, tente de les emporter de l'autre côté du ciel. Mais elles ne veulent pas partir.

Le vent n'est d'ailleurs pas mauvais, ce jour-là. Il énerve ou rend ivre. Il sent la prune, le fleuve et le foin mouillé. Grâce à lui, la lumière est si pure qu'elle lave tout, jusqu'à l'âme des bêtes et des gens qui sourient au monde.

« C'est ici », dit Vardhamana.

Il est propre, dans sa tunique immaculée. La veille, il a procédé à une toilette générale. Il s'est même fait le poil. C'est un homme qui renonce à tout, sauf aux apparences.

Quatre éléphants se goinfrent de feuilles d'arbre, devant la porte du bourg. De temps en temps, ils interrompent leur orgie pour plaisanter. À leur image, tout le monde semble de bonne humeur, ici, les oiseaux, les cochons, les ibis noirs et même les chiens errants.

Amros, Starclès et les autres sont dans le ventre du bourg, à l'entrée d'une ruelle d'artisans, lorsque s'élève un grand rire heureux.

« C'est lui », murmure Vardhamana avant de se racler la gorge, pour chasser son trac et un dégoût qui lui fige les lèvres.

Assis par terre, au cœur d'un jardin intérieur, couvert de fleurs de lotus, Bouddha est en train de manger, entouré de cinq disciples hilares qu'il régale de blagues comme celle-ci, que Vardhamana traduit pour le petit groupe :

« Un homme est mort. Un homme méchant qui, en outre, donnait toujours des leçons de morale à tout le monde. J'ai été chargé de faire son éloge. Je ne savais pas quoi dire. Après avoir réfléchi toute la nuit, j'ai fini par trouver : "Son père était pire." »

C'est drôle, mais il ne faut pas exagérer. Les cinq disciples en font trop. Ils s'esclaffent comme s'ils n'avaient rien entendu de plus amusant depuis longtemps, avant que Bouddha passe à la blague suivante.

Il parle la bouche pleine. Rien ne doit interrompre son repas. C'est une bonne nature, Bouddha. Il a un ventre de femme grasse, les lobes protubérants et une motte de graisse qui trône sur le crâne. Malgré cela, il y a quelque chose d'efféminé en lui : des cils allongés de jeune fille, des doigts effilés aux mains et aux pieds, une voix assez haut perchée qui semble toujours glousser devant la bêtise ou la beauté du monde.

Son autorité naturelle lui vient d'un regard en forme de dague. Quand il vous parle, on a toujours envie de se retourner, comme s'il s'adressait à un autre, placé derrière vous. Cet homme-là voit plus loin que tout le monde.

Bouddha raconte encore deux histoires avant d'apercevoir enfin Vardhamana. Il se lève d'un trait, malgré son poids, puis s'avance pour le serrer dans ses bras :

« Comment vas-tu ? Il y a si longtemps que je ne t'ai pas vu. »

Vardhamana a un mouvement de recul :

« Tu sais, tes succès sont difficiles à vivre pour moi.

— Il y a de la place pour tout le monde.

— Non, tu prêches les mêmes choses que moi. Qu'il ne faut pas mentir ni voler, ni posséder, ni s'adonner à la luxure. Mais tu les énonces avec beaucoup plus de talent que moi, tout en faisant moins de rigorisme. C'est ça qui me nuit. »

Bouddha sourit en invitant d'un geste du bras Vardhamana et le petit groupe à s'asseoir près de lui.

« Tu es à toi-même ton pire ennemi, dit-il. Je t'ai déjà dit que tu devrais éviter de te promener avec un balai. Ça ne fait pas sérieux.

— Je ne souffre pas l'idée d'écraser les insectes.

— Moi non plus. Mais je n'aurais pas le ridicule d'avoir un balai pour chasser toutes les bestioles qui se trouvent sur mon chemin. Je ne comprends pas davantage pourquoi tu interdis à tes disciples de faire leurs besoins pendant la méditation.

— Cela les déconcentrerait, pardi !

— Regarde-les se tortiller sur leur fondement pendant qu'ils méditent : c'est l'envie qui les déconcentre. À ce propos, je suis sûr que vous avez faim, tes amis et toi... »

Bouddha leur propose de partager ses plats avec lui. Des galettes au fromage. De la purée de salade aux oignons. Des pois cassés aux radis noirs. Du chevreau cuit au miel. Du poulet au vinaigre, sur un lit de lentilles blanches. De la bouillie à la pâte de riz et aux fruits frais.

À la vue de tous ces plats, Vardhamana roule de grands yeux :

« Mais comment peux-tu manger des chairs mortes, toi qui répètes qu'il faut respecter toutes les formes de vie ?

— Je les mange parce que, précisément, elles sont mortes.

— Ne joue pas avec les mots. On les a tuées pour que tu puisses t'en remplir la panse. Tu ne respectes pas tes propres commandements.

— Je n'énonce aucun commandement. Ne me confonds pas avec vous autres, les prophètes péremptoires. Je ne suis pas un illuminé, moi. Je n'ai pas la science infuse. Je passe mon temps à m'arranger, à composer ou à me compromettre. D'où mes entorses au règlement. Je ne suis qu'un homme, comprends-tu !

— Tu es un homme quand ça t'arrange. Sinon, tu aimes te faire passer pour un dieu avec tous ces noms ridicules que tu te donnes. Le Béni, le Parfait, l'Éclairé, le Bienheureux, l'Insondable...

— L'Éveillé, c'est celui que je préfère.

— Et après cela, tu nous conjures de rester humbles. Tu ne fais rien de ce que tu prêches !

— N'as-tu pas compris que, contrairement à toi, je ne prêche pas ? Je me contente de donner des conseils aux gens. Je leur suggère de lutter contre toutes ces causes de souffrances que sont le désir, le plaisir ou la soif. La soif d'exister, de paraître ou de posséder. Sans parler de la colère, comme celle qui, en ce moment, t'empourpre le visage en obscurcissant tes pensées et que je domine sans peine par ma bienveillance naturelle... »

Bouddha éclate d'un grand rire franc, tandis que Vardhamana tripote les poils en queue de vache de son balai à insectes.

Amros, Starclès et Zazo s'empiffrent, le regard fixe, dans le silence si particulier des orgies gastronomiques. Le Celte et Oïe sont les seuls à ne pas toucher aux viandes. Leur vue semble même les dégoûter.

« Tu as cependant raison sur un point, dit Bouddha. Je devrais cesser de manger ces chairs mortes. En plus, je n'aime pas ça. Ce sont mes disciples qui en raffolent.

— Tu es extraordinaire ! Rien n'est jamais de ta faute. C'est pratique.

— Es-tu venu ici pour autre chose que me provoquer ?

— J'accompagne ces gens parce qu'ils recherchent Isocrate.

— Je l'ai envoyé en mission. Ce sont des Grecs ?

— Le barbu, oui. Pas les autres. »

Bouddha se penche vers un de ses disciples, le plus ventru, donc le plus important, et lui glisse quelque chose à l'oreille. L'homme se lève, disparaît un instant et revient avec une bande de séides qui neutralisent Amros et Starclès avant de les emmener, ligotés, à l'autre bout du bourg.

53

Avec Oïe, Amros est au nirvana. Il comprend qu'elle refuse de retirer son anneau nasal : cela renforce son air de soumission feinte, qui la rend irrésistible.

Sans les choucas qui ont élu domicile sur le toit de leur prison provisoire, il serait le plus heureux des hommes. Mais il déteste les concerts affreux que donnent en permanence les corbeaux-faisans, au-dessus d'eux.

Enfermés dans une grande pièce, richement meublée, agrémentée de bouquets de lotus et d'œillets, Starclès et son petit groupe ont droit à trois repas par jour. Le service est parfait. Il n'y a que la nourriture qui laisse à désirer. Toujours la même. De la bouillie de riz matin, midi et soir.

Amros et Oïe s'en contentent : quand on s'aime, on se contente de tout, car tout a le goût de l'autre. L'air, l'eau, le riz. Mais Starclès râle. Il a envie de sang, de tripaille, de viande rouge. De vin aussi. Là-dessus, les bouddhistes sont intraitables.

Le troisième jour, Starclès proteste :

« Si je n'ai pas de viande, je vais finir par tomber malade.

— Il n'y a pas de viande, répond le plus gros des disciples.

— Je ne comprends pas. Le jour où on est arrivé, vous étiez bien en train de manger de la viande ?

— Oui, mais c'était de la viande offerte par un de nos bienfaiteurs.

— Et alors ?

— Il faut toujours respecter la chair, morte ou vive. Quand elle nous est offerte, la respecter, c'est la manger.

— N'est-ce pas un peu hypocrite, ce raisonnement ? »

Zazo, le traducteur, avoue son embarras. Il ne connaît pas l'équivalent du mot hypocrite. La conversation s'arrête là. N'importe comment, ces gens-là ne peuvent pas comprendre. Ils habitent dans leurs rêves, loin du monde des vivants.

Il a fallu attendre une semaine avant qu'Isocrate ne regagne le bourg, après sa mission dans un royaume voisin de la vallée du Gange, où il a mis en place une nouvelle communauté bouddhiste. C'est un métier. Il a des manières de commerçant, avec son sourire satisfait et ses grands gestes solennels. En le voyant, Starclès s'exclame :

« Comme tu as changé ! »

Outre sa nouvelle assurance, Isocrate a maintenant un peu de neige dans les cheveux, un trou dans la denture et un ventre qui ballotte sous la tunique. Il a, de surcroît, le regard à moitié mort, comme tous ceux qui en ont trop vu.

« Toi aussi, tu as changé, dit-il à Starclès. Tu as pris un coup de vieux et perdu de ta superbe ! »

Isocrate a l'expression de quelqu'un qui ravale un renvoi, puis se reprend et demande, la voix tremblante, en caressant la tête du perroquet perché sur son épaule :

« Pourquoi as-tu essayé de me tuer ?

— Moi ? Te tuer ? C'est quoi, cette blague ?

— J'ai été attaqué à deux reprises. Par des Grecs.

— Moi aussi. Par des Grecs aussi.

— La première fois, le javelot a transpercé l'aile de mon perroquet. Il ne peut plus voler. La seconde fois, c'est mon roi noir qui a été touché. Il faisait toujours un rempart de son corps. Il s'est rétabli mais en garde des séquelles. Il boite, maintenant.

— Je n'y suis pour rien, je te le jure. »

Isocrate soupire puis sourit d'étrange façon :

« Si tu ne voulais pas me tuer, il faudra que tu m'expliques pourquoi tu m'as suivi jusqu'ici.

— Parce que ton père m'a demandé de récupérer la pierre de la sagesse.

— La pierre ? Mais je ne l'ai pas prise ! Qu'est-ce que c'est que cette histoire ? »

Starclès le regarde droit dans les yeux :

« Tu l'as volée.

— Non, par Apollon, Athéna et tous les autres !

— On a retrouvé sur les lieux une paire de sandales qui t'accuse, insiste Starclès.

— Quelqu'un a très bien pu la déposer là. Pour m'accuser, justement.

— Comme par hasard, la pierre a disparu le jour où tu es parti...

— Cette coïncidence est troublante, je le reconnais. Mais tu peux vérifier, elle n'est pas ici, la pierre. Je ne l'ai pas emportée. »

Isocrate réfléchit un moment, regarde le plafond puis son perroquet avant de dire :

« Il y a quelque chose qui cloche. Si ce n'est pas toi qui as essayé de me tuer, qui est-ce, alors ?

— Je me pose la même question à mon sujet, figure-toi. Et j'ai de bonnes raisons de te soupçonner. Une fois, à Crotone, en sortant de chez Pythagore, nous avons été attaqués par des soldats grecs. Des hoplites de l'armée régulière.

— Parce que tu crois que j'ai la moindre autorité sur l'armée régulière ?

— Je ne sais pas, dit Starclès. Mais une chose est sûre : ça ne peut pas être ton père qui a donné l'ordre de me tuer. »

Isocrate prend un air moqueur :

« Qu'est-ce qui te le laisse penser ?

— Je ne vois pas pourquoi ton père aurait essayé de me tuer après m'avoir envoyé à ta recherche. Il aurait été plus simple pour lui de me faire assassiner avant mon départ, à Athènes. Et puis quelle raison aurait-il de vouloir supprimer un bon serviteur comme moi, bien plus dévoué qu'un chien ?

— Avec mon père, il y a toujours une raison pour tout. Sinon, il l'invente. C'est un homme de pouvoir, ne l'oublie pas. Il est capable de tout, surtout du pire.

— Je connais le lascar. Je suis sûr que ce n'est pas lui qui a expédié à nos trousses ces hoplites et ces tueurs.

— Admettons-le, consent Isocrate. Qui soupçonnes-tu, alors ?

— J'ai ma petite idée. »

Ils se regardent en silence puis, sans doute arrivés à la même conclusion, hochent la tête en souriant.

Isocrate annonce alors à Starclès et aux autres qu'ils sont libres. Il les invite à rejoindre la communauté, autour de Bouddha.

« Nous manquons de bras, de têtes, de langues, dit-il en retrouvant son sourire commercial.

— Nous devons retourner à Athènes, répond Starclès. Ton père nous attend. »

Mais il est tard. Le soir coule du ciel, comme une eau sale et froide qui s'insinue sous les toits, jusque dans les chairs.

Starclès décide qu'ils ne partiront que le lendemain, après avoir dîné avec Bouddha et ses disciples.

Ce soir-là, la table du prophète croule encore sous les plats. Soupe de mangue. Salades en tout genre. Chou-fleur au lait de coco. Poulet aux champignons sauvages. Ragoût de cerf-cochon. Le plat de résistance est un porcelet cuit à la broche.

Bouddha, la bouche pleine de porcelet, s'en prend de nouveau à Vardhamana :

« Ce garçon pense bien. Mais il est trop rigide. Et puis, ce balai à insectes ! Moi aussi, je crois que les vies les plus minuscules méritent notre respect. Que nous sommes leurs égaux. Qu'on n'a pas le droit de les tuer. Mais il faut bien marcher...

Bouddha s'adresse ensuite à Starclès en laissant à Isocrate le temps de traduire chaque phrase :

« Sachez que tout change sans arrêt, ici-bas. L'âme est éternelle. Mais quand elle quitte notre dépouille, c'est pour s'installer dans une autre forme. Une vache, un scarabée ou un brin d'herbe. Et chacun d'entre nous est la somme de ses vies antérieures. C'est pourquoi on n'arrive jamais à se connaître. On est trop nombreux au-dedans de soi, comprenez-le, on ne peut pas se retrouver. »

Bouddha garde la bouche ouverte un moment, comme s'il avait reçu un coup de poing dans le ventre. Son visage se fige, tandis que des gouttelettes de sueur scintillent sur son front.

« Pardonnez-moi, dit-il. Un malaise. »

Il s'éponge avec sa manche, puis :

« Sachez aussi qu'il n'existe dans tous les univers, visibles ou invisibles, qu'une seule et même puissance, sans commencement, sans fin, sans autre logique que la sienne, sans vanité ni désir ni haine. Elle sème la mort et la vie sans autre but que de tisser son destin, connu d'elle seule. La mort et la douleur sont les navettes de son métier, l'amour et la vie en sont les fils... »

Bouddha s'arrête soudain, comme s'il ne se retrouvait plus dans ses pensées. Il a l'air dépassé, un peu ahuri même. On dirait qu'il attend un rot qui ne vient pas, mais c'est plus grave. Il a à peine le temps de baisser la tête qu'il a vomi tout son ventre par terre. Ce qu'il a rendu pourrait nourrir une famille pendant plusieurs jours.

Aidé par son roi noir et boiteux, Isocrate soulève Bouddha pour l'emmener se coucher.

Le lendemain, Bouddha n'est pas mort : ce n'était pas encore son jour. Levé très tôt, il s'en est allé méditer dans la forêt, comme il aime faire, avec ses frères les arbres et ses sœurs les plantes.

Amros comprend qu'Isocrate ait choisi Bouddha : avec son éternel sourire et son air de tout prendre à la légère, ce prophète profère à haute voix ce que chacun ressent au fond de soi : nous sommes tous nés bien avant de venir au monde. Tout être n'est ainsi que la somme de tous ceux qu'il a été : pour preuve, il garde le souvenir de ses vies antérieures, au-dedans de lui, dans une enfonçure d'où surgissent, parfois, des réminiscences. Rien ne s'arrête jamais avec nous. Tout recommence toujours. Nous sommes des chemins de passage.

Par exemple, il semble bien que Criton le Singe fût un bousier, dans une autre vie. Une grande amitié est née entre la vache de Bouddha et lui. Une amitié intéressée, sans doute. Depuis l'épisode du royaume de la Vérité, le singe a des goûts très particuliers. Il se régale de ses bouses dès qu'elles sortent, fraîches et chaudes comme de la soupe d'herbes, du fondement de sa nouvelle copine.

Criton est introuvable, au moment du départ. Starclès déteste la nouvelle manie du singe, toujours un peu crotté, et ne supporte plus ses manières de vieil enfant capricieux. Mais il demande au Celte d'aller le chercher dans la forêt, auprès de Bouddha.

Accompagné par un disciple du prophète, Amros se rend dans la clairière où Bouddha est censé se livrer, sous son ficus géant, à ses exercices spirituels. En fait, il est en train de manger une galette qu'il partage avec sa vache, un chien, un porc et deux singes, Criton et un gibbon femelle. Il a du goût, Criton. Sa conquête est très belle, avec la bande argentée au-dessus de ses grands yeux.

Le spectacle est émouvant comme une image pieuse. C'est bien la preuve que tout le monde peut s'aimer, sur cette terre, et que, comme le dit Bouddha, il n'y a pas de créatures supérieures à d'autres.

Amros n'a pas le cœur d'interrompre le bonheur de Criton. Il vaut mieux le laisser. Même s'il est sensible au climat de fusion et de griserie qui règne autour du prophète, il n'a pas, pour sa part, envie de rester. Il n'aime pas l'idée bouddhiste selon laquelle il faudrait, pour atteindre le salut, renoncer à tout attachement. Il ne se voit pas se déprendre d'Oïe, de Phano, de Melissa et, bien sûr, d'Aure.

Quand il rentre au bourg, Amros dit à Starclès qu'il n'a pas vu Criton. Le disciple, qui le suivait, ne comprend pas le grec. Il ne le contredira pas.

Avant qu'ils prennent congé, Isocrate conseille à Starclès et à sa bande de faire une halte chez Zacharie, en Judée, puis chez Héraclite, en Sicile, deux prophètes qui l'ont impressionné.

« C'est une très bonne idée », approuve Amros.

Starclès lui lance un regard noir :

« Je croyais que tu étais impatient de retrouver ta femme ? »

Oïe se rembrunit, comme si elle avait compris, mais ce n'est pas sûr : elle ne sait pas le grec.

« Ma femme est moins importante que la vérité, ose dire Amros avec un air faux.

— Et si elle était la vérité ? rétorque Starclès. Moi, je suis pressé de rentrer à Athènes où j'ai quelques comptes à régler.

— Venge-toi pour deux, dit Isocrate.

— Tu peux compter sur moi. Qu'importe si le ciel me tombe sur la tête, pourvu que je me venge. »

Starclès s'approche d'Isocrate, la glotte tremblante et les narines battantes, comme s'il lui venait une tendresse incontrôlable. Il n'est pas loin des larmes quand il murmure :

« J'espère que tu reviendras un jour au pays, Isocrate.

— Non. Jamais.

— Qui sait ?

— Dans la vie, Starclès, qu'est-ce qu'on cherche ? La gloire, l'argent ou l'amour. Moi, j'ai cherché la vérité et j'ai fini par la trouver ici.

— Il n'y a pas de vérité sans amour, dit Amros.

— Il n'y a pas non plus de vérité sans humilité, reprend Isocrate. Je ne sais s'il a vraiment franchi les sept pas qui mènent à la cime du monde, comme certains le prétendent, mais franchement je m'en moque : Bouddha est le plus humain de tous les prophètes. Le plus grand aussi parce qu'il ne se croit pas au-dessus des autres. Il ne nie pas les dieux. Il ne les condamne pas non plus. Il les ignore. C'est bien plus fort. »

Les derniers mots trotteront dans la tête d'Amros des années durant. Chaque fois, elles feront monter en lui le sang et le nerf qui lui manquaient. Si les dieux nous agacent ou nous pèsent, pourquoi ne pas les ignorer ?

54

Quand une fiente d'oiseau vous tombe sur la figure, il y a plusieurs façons de réagir. Ou bien hurler tout de suite contre la bestiole qui s'est lâchée sur vous. Ou bien, après s'être essuyé, courir se laver le visage. Ou bien encore faire comme si de rien n'était et laisser la déjection sécher sur la peau.

Zacharie est du genre à ne jamais s'émouvoir. C'est à la fois un poète et un cabochard, avec la psychologie d'un bloc de marbre. Rien ne peut l'atteindre. Il parle lentement, avec l'autorité naturelle de tous ceux qui habitent au-dessus du monde.

Il n'est pas grand, pourtant. Il a aussi un regard d'enfant que cache de temps en temps une grosse mèche de cheveux en bataille qu'il redresse alors d'un revers de main. Mais il y a chez lui un mélange d'ironie et de gravité qui en impose.

Le voyage a été long et dur. Avant de se présenter devant Zacharie, Starclès et son groupe ont été attaqués par une bande de brigands dans le Madhya

Pradesh, puis, une nuit, par une meute d'hyènes dans le Rajasthan, au pied des monts Vindhya. Dans le dernier cas, la situation pouvait sembler désespérée. Mais Amros et son épée royale ont tiré tout le monde d'affaire. C'est pourquoi le Grec a finalement accédé à sa demande de faire un crochet par Jérusalem pour y rencontrer le sixième prophète, après Pythagore, Zarathoustra, Lao-tseu, Confucius et Bouddha.

Ils ont trouvé Zacharie dans le Temple dont la reconstruction semble terminée. Avec son toit d'or, c'est le plus beau bâtiment qu'ils aient jamais vu. Yahvé, le dieu d'ici, a bien de la chance, songe Amros.

Zacharie vit au milieu de ses ancêtres. Il passe son temps à écrire son livre, sauf quand Dieu vient lui parler, ce qu'il fait plusieurs fois par jour.

Quand ils trouvent le prophète, il sort au demeurant d'une longue conversation avec Dieu lui-même, puis avec l'Ange de l'éternel qui a interprété ses visions nocturnes où passent et reviennent des forgerons, des myrtes, des cavaliers, des chandeliers en or et puis une pierre, une seule, au lieu des douze qui figuraient, jadis, les tribus d'Israël.

« Mais n'est-ce pas la pierre que nous cherchons ? fait demander Starclès par l'interprète, un vieil homme édenté, qu'il a trouvé à l'entrée du Temple.

— Comment était-elle, cette pierre ? Ronde ou carrée ?

— Plutôt ronde.

— La mienne est carrée, dit Zacharie.

— Celle que je cherche l'était aussi un peu, d'une certaine façon.

— Il faudrait savoir. Une pierre est ronde ou bien carrée.

— Quand elle brille jusqu'à vous aveugler, ce qui était le cas de celle que je cherche, on a du mal à trancher. »

Starclès se gratte la tête puis reprend sur un ton suppliant :

« Mais où peut-on trouver cette pierre, maintenant? »

Zacharie ricane et désigne son crâne du doigt :

« Il faut aller la chercher là-dedans. »

Starclès prend congé : il déteste qu'on se moque de lui, il n'a pas envie d'écouter le prophète une seconde de plus. Amros reste avec Zacharie pour lui tirer les vers du nez pendant que les autres, sur le parvis, se rassasient de jujubes rabougris.

Amros est toujours à la rccherche de la vérité et il est clair que Zacharie en sait long. Sur le chiffre, par exemple. Le prophète aime bien le chiffre deux, mais lc chiffre quatre résume mieux, à ses yeux, ce qui se cache derrière l'apparence des choses.

Et Zacharie annonce au Celte, après de longues circonlocutions, la fin de tous les malheurs avec l'arrivée du roi libérateur, le Sauveur, monté sur une ânesse, qui annoncera la paix aux nations. Quelqu'un de modeste, un homme bon qui souffrira jusqu'au martyre, percé de plaies, les mains trouées. Rien n'empêchera l'étoile qui était en lui de rayonner sur le monde.

Enfin, un certain temps, jusqu'au retour de Dieu lui-même qui chassera les ténèbres et instaurera la journée éternelle, sans aube ni crépuscule, sa divine lumière inondera la terre à tout jamais.

« Et quand arrivera-t-il, ce roi libérateur ? demande Amros par l'entremise de l'interprète.

— Maintenant, peut-être. J'ai justement rendez-vous dans un moment avec quelqu'un qui pourrait être le roi juste qu'on attend. Certains l'appellent le fils de l'homme.

— Mais tout le monde est le fils de l'homme et de la femme !

— Lui, il le serait davantage, s'il est vraiment celui qu'Isaïe a annoncé. »

Une grosse mouche bourdonne autour de l'œil de Zacharie, puis se pose sur le bord pour se désaltérer ; il ne semble pas l'avoir remarquée.

« Ça ne vous gêne pas, cette mouche ? » demande Amros.

Zacharie a un geste de mépris :

« Ce n'est pas demain la veille qu'une mouche va décider de ce que je dois faire. »

Même si, de loin, il peut donner le sentiment de porter sur ses épaules toute la misère du monde, Zacharie ne semble pas la prendre très au sérieux finalement. Tels sont les effets de la foi.

« L'homme que je vais voir est une sorte de fou. Il fait sans arrêt des colères, des miracles, des scandales. Avec lui, il se passe tous les jours quelque chose. Mais il a un bon fond. Il a le cœur sur la main et répète qu'il faut qu'on s'aime les uns et les autres.

— Il n'a pas tort.

— Oui, mais pour s'aimer, il faut du temps et on ne le prend pas toujours. C'est une erreur. »

Amros est impressionné par le calme de Zacharie. C'est le genre de personnage que rien ne pourra jamais troubler, ni une mouche ni la mort.

Starclès, de retour dans le Temple, fait signe à Amros de partir.

« Restons encore un peu, dit le Celte. Je veux voir le fils de l'homme. »

À ce moment-là, quelqu'un apparaît à contre-jour, dans l'embrasure de la porte. Il s'approche, les cheveux blondis par le halo de lumière qui tombe des fenêtres et lui fait une sorte d'auréole.

« Je crois que c'est lui », dit Zacharie.

Starclès prend Amros par le bras :

« Nous avons eu notre compte de fadaises. Il faut qu'on parte, maintenant. La route est encore longue. »

En s'en allant, Amros est contrarié. Zacharie est quelqu'un qu'on n'a pas envie de quitter. Il est comme ces grands arbres sous lesquels on pourrait rester toute la vie, parce qu'ils protègent de tout, du soleil, de la pluie, de la foudre.

55

Starclès ne conservant plus leurs oreilles dans le sel comme autrefois, Amros ignorait combien de brigands au juste il avait occis avant d'arriver à Athènes avec le petit groupe. Il ne se souvenait pas, ou à peine, de leurs visages, bien que ses yeux se fussent parfois attardés sur leurs regards, car il a toujours aimé observer, même fugacement, ce qui se produit dans le regard des gens quand ils meurent. Cette panique et puis, soudain, ce mélange de tranquillité et de soulagement.

La mort n'est qu'une formalité : les victimes d'Amros en étaient la preuve et, quand il en avait le loisir, le Celte essayait d'aller avec elles aussi loin qu'il pouvait, jusqu'au fond de ce vertige où, à la fin, elles s'apaisaient. Elles s'abandonnaient toujours de bon gré, à l'instant du dernier souffle, ce qui semblait donner raison à tous les grands prophètes quand ils disent que mourir est une seconde chance.

Amros est revenu de ce périple à l'autre bout du

monde avec plusieurs cicatrices. Sur les bras et sur les jambes, surtout. Il en est fier, mais ne le montre pas sur son visage dont l'expression a désormais quelque chose de fataliste, avec des sourires qu'il se contente d'ébaucher sans jamais les terminer. Tuer fatigue. Les morts emportent chaque fois un peu de vous. Apparemment, ils ne lui ont pas laissé grand-chose.

De retour à Athènes, Starclès a voulu aller chez lui retrouver Melissa. Mais il n'est plus chez lui. La maison appartient à un armateur à tête de hibou, qui lui apprend que sa femme et leurs trois enfants sont morts, tout comme Phano et bien des esclaves, du mal des poumons qui a ravagé le pays, il y a longtemps déjà. Les gens qui en mouraient ne pouvaient plus respirer. On aurait dit que leur poitrine fabriquait du fromage et que ce fromage les étouffait.

Alors que le petit groupe s'apprête à prendre congé, l'armateur demande :

« Avez-vous un endroit où dormir ? Permettez-moi de vous offrir l'hospitalité.

— Nous allons voir Pisistrate.

— Mais il est mort depuis longtemps ! »

À Pisistrate ont succédé ses deux fils, Hipparque et Hippias. Des amis des arts et de la culture comme leur père, mais que l'armateur ne semble pas tenir en haute estime. Starclès décide d'aller sans tarder leur rendre compte de son expédition.

Depuis quelques jours, Starclès a une rage de dent.

Amros lui a massé les tempes avec des feuilles de menthe poivrée. Il lui a aussi composé des brouets à base d'ail, de romarin et de millepertuis. Mais rien n'y a fait. La douleur a longtemps cheminé avant de prendre son envol, soudain. Il a fallu arracher la dent.

Auparavant, Starclès a bu beaucoup de vin, pour mieux supporter la douleur. Il n'est donc pas dans son état normal quand il arrive au palais et demande à être reçu par les deux tyrans. L'alcool le rend agressif alors qu'il rend Amros encore plus affectueux que d'ordinaire.

Starclès et sa petite équipe sont introduits dans la salle à manger. Hipparque et Hippias n'ont pas eu la patience d'attendre le dîner. Ils sont déjà en train de se goinfrer d'oignons confits, d'escargots grillés et d'olives blanches à la saumure.

Par nature, le pouvoir dilate, empâte et ballonne. Il dévore tout, les amours, les conventions, les désirs, les interdits. Hipparque et Hippias sont devenus deux gros hommes au nez épaté et à la démarche de canard.

Après les civilités d'usage, ils proposent à Starclès et aux siens de partager leur repas, donné en l'honneur d'un riche marchand du Dodécanèse, de passage à Athènes.

Ce sera un festin à base de rossignol. On peut considérer cet oiseau solitaire, jamais en repos, comme l'un des bienfaiteurs de l'humanité, tant il exalte les tympans et régale les bouches.

Hipparque et Hippias ont monté un élevage de rossignols. C'est leur passion. Les oiseaux sont soumis à un régime qui a fait ses preuves. Un jour, des bettes ou des pois cuits. L'autre, des cœurs de bœuf ou de moutons pilés. De temps en temps aussi, des vers de farine. Ils en raffolent. Avant de sacrifier les oiseaux, on les engraisse à la purée de pois chiche, ce qui leur donne un petit goût incomparable, un peu amer.

Le repas se déroule en musique. Un quatuor joue de la lyre, de la harpe, de la cithare et de la flûte, tandis que sont servies des langues de rossignol à l'ail et à la farine de châtaigne, des brochettes de rossignols à la salade d'oignons cuits, des grives mijotées aux baies de myrtes, des tétines de brebis à la saumure de thon et des côtelettes de chevreuil aux herbes.

C'est avant l'arrivée des desserts que Starclès s'est mis à parler. Sa mâchoire le fait souffrir et il a abusé du vin miellé sans le couper d'eau. Ses aigreurs lui sont montées à la tête et il a l'air furieux quand il dit d'une voix traînante :

« Vous ne m'avez pas demandé si j'ai trouvé la pierre de la sagesse.

— C'est vrai, reconnaît Hipparque, on avait oublié. Alors, as-tu trouvé cette fameuse pierre ?

— Non, puisque c'est vous qui l'avez.

— Ah ! c'est nous ? murmure Hippias en feignant l'étonnement, avec ironie. Par Zeus, c'était donc nous que tu soupçonnais quand tu as envoyé du bout du monde ce message bizarre, tatoué sur le crâne de tes esclaves-voyageurs, où tu disais à notre père, déjà mort, de se méfier de ses proches ?

— Oui, c'était vous que je visais. J'ai la conviction que vous avez volé la pierre à votre père et que vous avez tout fait pour accuser votre frère.

— Ce n'est pas notre frère, proteste Hipparque. C'est un bâtard ! »

Hippias a le visage meurtri de la vertu outragée quand il dit, tout en suçant une tête de rossignol :

« Qu'est-ce qui te permet de nous accuser ? Tu n'as aucune preuve !

— Mon instinct ne me trompe jamais.

— Peux-tu nous dire ce qui, selon toi, s'est passé ?

— Vous pensiez que cette pierre vous donnerait le contrôle du pays. Vous l'avez donc dérobée en vous arrangeant pour que votre frère soit accusé. Ça tombait bien : Isocrate partait en voyage et ne serait pas là pour se défendre. Mais vous n'aviez pas pensé que votre père me lancerait à la poursuite d'Isocrate. Il ne fallait surtout pas que je le retrouve : j'aurais découvert la vérité. C'est pourquoi vous avez tout fait pour saboter ma mission. Et même pour me tuer. Vous avez envoyé des hoplites à Crotone et armé le bras d'assassins jusqu'au fin fond de la Perse. Tout ça avec la complicité d'un de mes hommes. J'aurais dû le prévoir. Il portait la haine sur son visage. Les traîtres se trahissent toujours eux-mêmes. »

Un silence s'installe, à peine troublé par les bruits de mastication et de déglutition. Le cœur d'Amros bat à tout rompre. Le Celte a peur de ce qu'il va entendre.

« Et qui est-il, ce grand méchant fourbe ? demande Hipparque d'une voix moqueuse.

— La seule personne que je ne pouvais soupçonner. Mon homme de confiance. Pison.

— Bien vu.

— Peux-tu me dire pourquoi il a fait ça ? Pour l'appât du gain ?

— Non, par ressentiment, répond Hipparque. Il était jaloux de ton Celte qui tue plus vite qu'il ne respire. »

Les deux tyrans regardent Amros en ricanant et celui-ci leur sourit, avec un peu de fierté et beaucoup de soumission. Un nouveau silence s'instaure, qu'Hippias finit par briser :

« Starclès, as-tu oublié qui nous sommes ?

— Pendant ce voyage, ma femme et mes enfants sont morts. Je n'ai donc plus rien à perdre. Et puis je suis trop vieux pour retenir ma langue. »

Depuis le temps qu'il croit incarner la civilisation, Starclès a fini par croire qu'il la représentait aussi devant les tyrans d'Athènes. On peut se sentir supérieur à tout le monde, mais pas à ses chefs. Du moins ne faut-il pas le leur montrer, ce qui est difficile quand on a, comme lui, un grand nez qui donne l'air dédaigneux. En l'espèce, c'est même une erreur mortelle.

Hippias échange un regard avec son frère. Puis il se

cure la gorge, ferme les yeux et dresse son doigt, comme chaque fois qu'il va faire une déclaration importante :

« Je crois que tu en as assez dit pour aujourd'hui. Tu devrais prendre l'air dans le jardin. »

Après avoir salué la tablée d'un petit geste de la tête, Starclès se lève et sort. Hippias fait signe à l'un de ses gardes et lui souffle quelque chose à l'oreille. L'homme sort à son tour.

Les musiciens avaient cessé de jouer mais nul n'a rien entendu, sinon un bruit étouffé, et encore pouvait-on l'attribuer au vent qui faisait sa tournée du soir. Mais le frisson qui a parcouru l'air a duré longtemps.

56

Quand une bête a été tuée dans une basse-cour, la volaille respecte toujours un instant de silence, très court, juste après que le cri d'agonie a été poussé. Puis la vie reprend son cours.

C'est ce qui s'est passé à la table des deux tyrans. Un frisson a serré les gosiers, ceux des invités, du moins : Hipparque et Hippias, eux, n'ont pas l'air du tout troublés.

Ils ont même demandé aux deux jeunes gens de partager leur couche, sur laquelle ils continuent à manger. Hipparque a jeté son dévolu sur Zazo, Hippias sur Oïe. Ils les pelotent d'une main en se sustentant de l'autre, sous l'œil d'Amros et du marchand du Dodécanèse.

La mort leur a creusé la panse. Les deux tyrans engloutissent les desserts en soufflant. Le massepain. Les gâteaux à l'anis. Le nougat aux noix et au sésame. Les autres n'ont guère le cœur à manger. Ils font semblant. Le frisson de tout à l'heure leur a coupé l'appétit. Ils ont toujours la chair de poule.

Les langues finissent quand même par se délier. Celle d'Amros, surtout.

« Toi aussi, tu crois comme Starclès que nous avons la pierre ? lui demande Hippias.

— Non.

— Eh bien, tu as raison. Nous l'avons eue quelque temps, c'est vrai, mais on nous l'a volée. Il y a environ un an. Depuis, nous n'avons que des ennuis.

— Et vous pensez que sa disparition et vos ennuis sont liés ? »

Amros a parlé d'une voix presque mielleuse.

« Comment, liés ? dit Hippias, railleur. Nous n'avons aucun doute là-dessus. »

Hipparque opine, l'œil vide, puis :

« Nous sommes désolés de ce qui est arrivé à Starclès. Mais quand on nous cherche, on nous trouve toujours. Et ce type-là nous cherchait. »

Tout à coup, Hippias prend à deux mains les lèvres d'Oïe et lui donne un long baiser. La jeune fille renifle, les joues en feu, en se tortillant.

Amros lutte contre les larmes qui viennent. Hippias s'en aperçoit. Il se lève et lui demande de le suivre. Il a un petit sourire, ce qui, aux yeux du Celte, n'augure rien de bon. Ils se rendent deux ou trois pièces plus loin, dans une salle qui donne sur le jardin.

Le vent ronfle dans la nuit. Son souffle répand une odeur de miel, de thym et d'herbe tiède. Une odeur qui devrait rassurer Amros, mais celui-ci se sent fatigué, comme si la mort lui venait. Le cœur lui bat fort et n'est qu'un grand frémissement liquide quand la main d'Hippias se pose sur son épaule.

« J'ai un grand projet pour toi, dit le tyran.

— Je ferai ce que vous voudrez. »

Hippias retire sa main :

« Je veux que tu retrouves la pierre de la sagesse.

— C'est me faire trop d'honneur.

— Il faut que je t'explique. Mon frère et moi, nous avions si peur qu'on nous vole cette pierre que nous l'emportions partout avec nous. Un jour, en visite dans l'île de Syros, nous sommes tombés sur des pirates et ils nous l'ont volée. Après, elle est passée de main en main, jusqu'à ce que des Celtes la rapportent dans leur pays.

— Comme la première fois.

— Oui, comme la première fois.

— Peut-être que la place de cette pierre est là-bas.

— Mais c'est ici qu'on en a besoin. Les Celtes n'ont pas d'éducation, ils ne respectent rien, ils ne méritent pas la pierre. Nous avons envoyé plusieurs expéditions chez eux pour la récupérer, mais sans succès. Je crois que tu as, toi, tous les atouts pour réussir. Nous allons te donner une trière avec un équipage et tu partiras au plus vite. »

Un hurlement de chien s'élève, puis un deuxième, et un troisième, dans la tiédeur de la nuit. On dirait que les feuilles et les herbes tremblent sous une pluie invisible.

Hippias s'approche d'une torche et demande à Amros de venir. Il se gratte la gorge, ferme les paupières, puis dresse l'index :

« Si tu rapportes la pierre, je ferai de toi un homme riche, libre et heureux.

— Je ne suis pas sûr d'y arriver : il y a des années que je cours après cette pierre.

— Tu as au moins un but, dans la vie. Tout le monde ne peut pas en dire autant.

— Regarde comme j'ai vieilli. Dans cette affaire, j'ai perdu beaucoup de choses. Des cheveux, des dents, des amours.

— Quand tu reviendras avec la pierre, je t'affranchirai.

— C'était ce que m'avait promis Starclès.

— Moi, je tiens mes promesses. »

La figure graisseuse d'Hippias est soudain illuminée par un sourire que les lueurs de la torche transforment en grimace.

« En attendant, reprend-il, je garde ta femme.

— En otage ?

— Non, elle sera consentante. Nous autres gens de pouvoir, nous sommes une race devant qui chacun succombe.

— Je souhaite qu'on lui demande son avis.

— On le lui demandera si ça te chante, mais je connais déjà sa réponse. Cette femme est une enfant et j'adore les enfants. Leur pureté. Leur légèreté. Leur envie de vivre à fond. Mais ils font trop mal l'amour.

Encore qu'elle, quand elle le fait, je suis sûr qu'elle sait redevenir une femme. »

La gorge serrée, les narines tremblantes, Amros se mord les lèvres, jusqu'au sang, pour ne pas se jeter sur Hippias et le tuer.

57

Il a fallu batailler longtemps. Strobas, le timonier imposé par les deux tyrans, refusait de passer par la Sicile. Il prétendait que ça rallongerait le périple d'au moins un mois, ce qui était faux, et que les eaux siciliennes pullulaient d'Étrusques, ce qui était vrai.

Strobas a fini par céder. Non qu'il se fût rendu aux arguments du Celte qui, pendant les premiers jours du voyage, lui rebattait les oreilles de propos sentencieux comme celui-ci :

« J'ai vu tous les grands prophètes. Il ne me reste plus qu'à rencontrer le septième : Héraclite. Alors, je saurai d'où je viens, qui je suis et où je vais.

— Cet Héraclite me semble un charlatan, répondait Strobas.

— Non, c'est un philosophe.

— Donc, un bouffon. Un philosophe ne fait que parler pendant que les autres travaillent.

— Je ne suis pas d'accord. Un philosophe, c'est

quelqu'un qui nous permet de tout digérer. La vie, la mort et tout ce qui nous reste sur l'estomac.

— Tu n'y es pas, ça embrouille tout, un philosophe. Même quand on a les réponses, il faut qu'il invente des questions. C'est pourquoi les gens d'Éphèse lui ont demandé de partir, à cet Héraclite. Je plains les Siciliens qui doivent maintenant le supporter. »

Strobas n'est pas bête. Mais il est borné. Impressionnable aussi, comme le montre son regard inquiet. Il a accepté de faire un crochet par la Sicile, après avoir vu Amros à l'œuvre, pendant un combat avec des pirates. On ne s'oppose pas à une force qui égorge, perce, crève, avec une telle aisance.

Le timonier sait de quoi les Celtes sont capables. Quand l'orage couve, n'attaquent-ils pas le ciel au javelot ? N'en a-t-on pas vus livrer combat à la mer, à coups de glaive ? Ils n'ont peur de rien. Surtout pas Amros qui, après la mort de Starclès, a laissé repousser ses moustaches de Voconce.

De loin, la Sicile est comme une mer dans la mer. Faute d'avoir su choisir sa couleur, elle est verte ici, jaune là, bleutée ailleurs, avec des collines à la place des vagues et des rubans blanchâtres enlacés aux forêts des sommets, en guise d'écume.

Quand la trière accoste en Sicile, Amros se dit, devant tant de beauté, que la vérité est peut-être un lieu. Non pas un amour, une morale ou une religion ainsi qu'il l'avait cru, mais plutôt la chair d'une terre où bourdonnent la vie et le vent. Et en ce cas, il y aurait de bonnes chances que la vérité fût cette île.

Trois jours ont suffi à Amros pour trouver Héraclite. Tout le monde a entendu parler de lui, peu ou prou. Il habite dans les brumes, sur le toit d'une colline hérissée d'arbustes, et arpente son territoire à longueur de journée pour trouver sa pitance. Il ne se nourrit que d'herbes et de plantes. De mauve : ses corolles ou ses fleurs, tout lui fait ventre. De bourrache, il raffole de sa tige velue, succulente. De lupin, pour sa semence surtout. De guimauve, quand il en trouve. De temps en temps, lorsqu'il descend chez les humains, il jette son dévolu sur un arbre. Un micocoulier, par exemple. Il aime ses petits fruits sucrés qui tombent des branches aux premiers froids.

Ce régime austère n'empêche pas Héraclite de profiter. Il est grassouillet et son visage, où trônent deux grands yeux perçants, se termine, sous le menton, en bourrelets flageolants. Il fait de l'eau.

Quand Amros, accompagné de Strobas et de Zazo, se présente à lui, Héraclite le rabroue, avec l'air détaché des grands menteurs :

« Je n'aime pas les visites. Si j'ai quitté Éphèse, c'est parce que j'en avais assez d'être dérangé. Je n'avais plus le temps de penser.

— J'ai rencontré tous les prophètes qui comptent. Il ne manquait plus que vous, le septième.

— Je ne suis pas un prophète mais un philosophe. »

Après qu'Amros a donné les noms des six autres prophètes, Héraclite a une moue dédaigneuse :

« Des gens insignifiants. Pythagore, surtout. Il croit tout savoir, le rodomont, mais il ne sait même pas qu'on n'apprend jamais rien par l'observation, l'enseignement ni la discussion.

— Comment apprend-on, alors ?

— Par l'intuition. Tout va trop vite, dans notre monde. Le cosmos est un recommencement perpétuel. Comme je l'ai souvent dit, on ne se baigne jamais deux fois dans le même fleuve. Tout changement est aussitôt contredit par un autre, et ainsi de suite. Dans ces conditions, le prétendu savoir qu'on nous propose n'est que tromperie ou, dans le meilleur des cas, naïveté. »

Il n'offre pas à Amros de s'asseoir, mais s'avance sans cesse vers lui, l'obligeant à reculer, et parle vite, comme s'il était pressé de s'en débarrasser :

« C'est l'intuition qui m'a permis de savoir que l'Univers est né par une gigantesque explosion. Nous avons été créés par le feu, figure-toi.

— Et nous allons périr par le feu ?

— Je ne sais pas. Je ne m'appelle pas Pythagore, je n'ai pas la science infuse, moi. Il reste qu'après s'être distendu l'Univers va forcément se contracter. Le monde ne fait qu'un, sous la loi du "logos", mais il est en transmutation permanente, comme je te l'ai dit, et chaque chose, chaque élément, a besoin de son contraire. L'été, de l'hiver. La paix, de la guerre. Le bien, du mal. S'il n'y avait pas de malheur, il n'y aurait pas de bonheur.

— C'est aussi ce que disent Lao-tseu et Confucius.

— Ceux-là ont réussi à extirper le ténia qui prospérait dans leurs tripes et l'exhibent fièrement en nous expliquant que c'est la vérité. Eh bien, non. Ils n'avaient qu'à faire comme moi et manger des racines de fougères. De fougères mâles, bien sûr. Ils n'auraient plus de vers dans le ventre et cesseraient de dire des bêtises. »

N'était cette rage qui le dévore, Héraclite serait fascinant. Mais quand il parle, il a souvent une tête de minotaure sculptée dans du vomi. Il a sûrement raison de ne rien respecter, de tout moquer et déconstruire, mais tout le monde ne peut avoir sa force d'âme : ce n'est pas quelqu'un avec qui on a envie de rester longtemps. D'ailleurs, il a déjà pris congé d'Amros pour aller ramasser ses herbes.

58

Quand la trière arrive devant la cité phocéenne, au pays des Ligures, un petit vent laiteux a entassé de grosses pelotes de brouillard entre les roches blanches. Il fait tiède et l'air est mou. C'est sans doute pourquoi les cent soixante-dix rameurs de la trière ont du mal à soutenir le rythme, malgré les injonctions de l'homme de proue.

La cité phocéenne s'est développée. Alors que la trière emprunte le passage qui donne sur un bassin, protégé de la mer par une colline en surplomb, Amros est surpris par le changement. Des hauteurs dégringolent des grappes de maisons et il y a, au fond du plan d'eau, un amoncellement de bateaux, bien plus impressionnant que la dernière fois. Des trières, des pentécontores, des barques de pêche ou des navires de commerce. Tout autour s'affaire le petit peuple phocéen.

Dans les arbres, les cigales chantent l'amour. Avant de venir au monde pour appeler leur moitié, elles ont attendu si longtemps sous terre, se nourrissant parfois de leur propre excrétion, qu'elles n'en peuvent plus de désir et de joie, remplissant le ciel d'une espèce d'hystérie musicale. Amros est ému de les entendre à nouveau, dans son pays.

Après avoir passé la nuit sur la plage, Amros et Strobas se rendent au palais de Diomos, le maître de cette ville qu'on appellera un jour Marseille. Il habite au-dessus du port, au milieu d'un champ d'oliviers. Un vieil homme, maintenant. Il a le visage couvert de bleus et de blessures qui tardent à cicatriser. Il sent le grand âge, une odeur très particulière d'ail, de vinaigre et d'urine. Il ne parle pas, il tousse ses phrases : chaque mot lui vient aux lèvres comme dans un dernier souffle.

Diomos ne se souvient pas d'avoir déjà rencontré Amros ou Strobas, mais peu lui chaut, il est arrivé à cette saison de la vie où l'on se moque de tout, notamment des pertes de mémoire. En revanche, il n'a pas oublié cette histoire de pierre de la sagesse :

« Mais qu'est-ce que vous avez tous, avec cette pierre ?

— C'est à cause de ses pouvoirs, répond Strobas.

— Je ne crois pas qu'elle ait plus de pouvoirs que ces pierres sur lesquelles nous marchons.

— Moi non plus », dit Amros.

Strobas jette un regard noir au Celte, qui lui répond par un rire muet.

Diomos propose à ses hôtes de boire du vin de ses

vignes. À la résine, aux herbes ou au miel. Ils goûtent les trois et quelque chose chante bientôt au fond de leur gorge.

« Je ne sais pas où est cette pierre, toussote Diomos. Peut-être au fond de l'eau : on dit que le bateau qui la transportait a coulé. Peut-être dans le palais d'un roi celte : ces gens-là adorent tout ce qui brille.

— Hippias, notre bien-aimé tyran, m'a assuré que je pouvais compter sur vous, dit Strobas.

— Je ferai tout pour vous aider, mais je crains que vous ne perdiez votre temps. N'y a-t-il mieux à faire, dans la vie, que de courir après un caillou ?

— C'est vrai, renchérit Amros. Moi, je préfère courir après une femme ou après la vérité, surtout quand elles se confondent. »

Il est étonné : il vient d'énoncer ce qu'il ressent depuis longtemps sans avoir osé le formuler.

C'est à cet instant qu'Amros a décidé de fausser compagnie à Strobas. Il y pensait depuis longtemps. Mais, dès lors que la vérité s'est faite en lui, il n'a plus aspiré qu'à rentrer au pays retrouver sa femme.

Le même soir, il vole une barque puis, avec Zazo et deux hommes sûrs, des jumeaux, s'en va par la mer en direction du grand fleuve. Même s'ils ont ramé dur, il ne s'ouvre devant eux que la nuit suivante. Traversé par des palpitations lumineuses, il ressemble, entre ses deux rives, à un corps immense qui dort.

La nuit est veloutée, bien éclairée par une lune blanche. Dans l'air monte une odeur d'écorce, d'humus et de feuilles vertes qu'Amros n'avait pas respirée depuis des années.

Le silence du Rhône n'est troublé que par les clapotis des rames, les zézaiements des moustiques et les pleurnichements d'un chevreuil qui a sans doute perdu sa mère.

Le lendemain, la barque d'Amros quitte le fleuve et tourne à droite pour emprunter la rivière chantante, celle qui mène au pays des Voconces d'où il vient.

59

Ils ont battu les prairies, les collines, les forêts. Avec Zazo et les jumeaux, Amros a cherché Aure partout, dans le pays qui abritait jadis le royaume des Chênes noirs.

Amros a décidé qu'il retrouverait Aure si le temps se couvrait. Mais aucun nuage ne vient troubler le ciel qui, à partir de midi, tourne au bleu foncé. Après les pluies incessantes des dernières semaines, les herbes s'étirent de joie.

D'une voix de veuf inconsolable, Amros demande partout : « N'auriez-vous pas vu, des fois, une femme très belle, avec trois enfants, des mains de fillette, une cicatrice sur le cou et une dent ébréchée ? »

On lui répond avec la politesse un peu forcée que l'on réserve d'ordinaire aux fous ou aux simples d'esprit. Pour la première fois, il inspire la pitié.

Même s'il avait l'embarras du choix, le roi Zoris ne s'était pas trompé sur l'identité des assaillants, au début de cette histoire : après avoir parcouru la région en tous sens, Amros retrouve Aure chez des Cavares. Des gens conciliants et hospitaliers qui n'ont plus rien à voir avec les enragés qui ont jadis ravagé le royaume voconce des Chênes noirs. Le bien-être ramollit, quand il n'adoucit pas les mœurs.

Ces Cavares habitent la croupe d'une colline en surplomb de la rivière qui court sur un chemin de cailloux. Leur capitale est imprenable. On y accède par un sentier tortu et vertigineux. Les pierres dégringolent sous les pas.

C'est le royaume des Hauts Cieux.

Le roi est un petit homme à l'œil malicieux, avec un sourire sans rien derrière. Il se plaint du mauvais temps qui, depuis tant d'années, détrempe ce qui sera, un jour, la Provence. Puis, après s'être fait décrire Aure, il répond sans hésiter :

« J'ai quelque chose qui y ressemble. Mais elle n'est pas aussi belle que tu le dis. Elle travaille aux peaux. »

Ils se sont rendus à l'écart de la capitale, près d'un ruisseau étique. Quand ils pénètrent dans la cabane, ils sont tout de suite saisis par l'odeur de bête morte et de sang pourri.

Elle est là, leur tournant le dos, en train de gratter une peau de chèvre, au milieu d'une nuée de mouches. Amros reconnaît son port de tête, presque raide, les épaules carrées et la courbure des hanches, pleine de promesses.

Il l'appelle. Aure se retourne avec un grand sourire avant de dire d'une voix douce, légèrement ironique :

« Tu en as mis, du temps !

— J'ai été retardé », répond-il tout de go.

Ils éclatent ensemble d'un rire un peu douloureux. C'est qu'ils se sentent très vieux, tout à coup. Il a envie de s'écrier :

« Comme tu as changé ! »

Mais les mots ne sortent pas de sa bouche et il toussote, pour se donner une contenance.

Amros est comme tous les anciens. Dans sa tête, il a toujours vingt hivers. Ses cheveux ont blanchi, quand ils ne sont pas tombés. Sa denture s'est clairsemée. Sa démarche, alourdie. Il est arrivé à l'âge où l'on ne peut plus guère charmer personne, sinon émouvoir, étonner ou amuser, et encore, jamais autant qu'un enfant. Mais qu'importe le temps, les rides, les verrues : au-dedans de lui, il s'est toujours senti comme un jeune homme, du moins jusqu'à cet instant.

Car, en voyant Aure, Amros a compris ce qu'il est devenu. Un sage sur le retour, déjà décrépit : la mort est en chemin, il peut entendre son pas au fond de ses tempes.

« Combien ça fait d'hivers ? demande-t-elle.

— Je ne sais plus. Il y en a trop. »

Aure est devenue une dame d'un certain âge avec des sourcils dégarnis, un soupçon de moustache, des bouts de peau qui pendent sous le menton. Elle a gardé ce petit battement de paupières qui le ravissait tant, à ceci près qu'il n'y a plus guère de cils au bout.

« Elle est à vous », dit le roi des Cavares.

Le roi des Hauts Cieux prend congé. Aure hausse les épaules, avec un air interrogatif. Amros aussi. Ils rient encore, du même rire triste.

« Et les enfants ? demande-t-il.

— Ils sont comme nos hivers passés. Ils ne reviendront jamais.

— Veux-tu dire qu'ils sont morts ? »

Elle soupire : elle n'a pas envie d'en dire plus. Ils s'approchent et se serrent longtemps dans les bras l'un de l'autre.

Ils improvisent un repas avec Zazo et les jumeaux. Du ragoût de lapin qui cuisait dans la cabane. Une tranche de porc salé. Des vieux fruitages. Amros, fidèle à ses principes, ne mange que des pommes blettes, et raconte son périple en évoquant les sept prophètes : Bouddha, Zarathoustra, Lao-tseu, Pythagore, Zacharie, Héraclite et Confucius. Il dit tout ce qu'il sait. Les pierres qui parlent et les insectes qui pensent. Le fourmillement des âmes à travers la chair du monde. L'amour qui habite nos frères et nos sœurs, arbres, bêtes ou rivières. Le fleuve qui nous charrie et, en même temps, coule en nous.

« Et il n'y avait pas une seule femme parmi les prophètes, observe Aure.

— Non.

— Comment se fait-il ?

— Je ne sais pas.

— Les femmes savent toujours où sont les choses. Si

on le leur avait demandé, je suis sûr qu'elles auraient trouvé plus vite. »

Il s'approche d'elle, pose un baiser sur ses lèvres luisantes de ragoût, puis :

« Je te propose de devenir avec moi le huitième prophète, celui qui aura tiré les enseignements de tous les autres et qui, contrairement à certains d'entre eux, saura vivre dans la vérité.

— Je n'y connais rien, tu le sais bien.

— Mais je ne peux rien sans toi. Tu es ma vérité, Aure. La vérité que je cherche depuis mon enfance et sans laquelle je ne suis plus qu'une épluchure au fil de l'eau.

— Je croyais que la vérité était toujours fraîche. Regarde-moi. Je suis toute fanée.

— Tu es la vérité quand même.

— Quand on te demandera à quoi elle ressemble, la vérité, je voudrais que tu dises un mensonge. Promets-moi de dire que la vérité est jeune et belle.

— Mais elle l'est, Aure.

— Ne te moque pas.

— Toutes les vérités sont des mensonges mais tous les mensonges ne sont pas des vérités.

— C'est trop compliqué pour moi. »

Il lui dit qu'il a bu à pleine gorge les plus grands vents du monde, marché dans la cervelle de soldats morts, gravi des montagnes qui touchaient le ciel, traversé de la beauté, du bonheur ou du malheur, mais que toujours il avait son visage au-dedans de lui. Elle l'accompagnait partout, avec les enfants.

« Tu ne m'as jamais trompé ? demande-t-il à voix basse.

— Je n'ai pas pu faire autrement. Je n'avais pas le choix. Et toi ?

— Moi, non.

— Je ne te crois pas.

— Je ne t'ai jamais trompé. Je me suis consolé. »

Quelques jours plus tard, ils partent avec Zazo et les jumeaux s'installer plus loin, sur la courbe molle de cette montagne qu'on appelle aujourd'hui le Luberon. Ils élisent domicile dans une grotte, avec l'âne et les deux chèvres que leur avaient donnés les Cavares. Là-haut, dans le ciel, au milieu du chant du monde, ils apprennent à être heureux. Amros vient de découvrir que ce qu'il a cherché pendant son long voyage, au bout du monde, était tout simplement devant lui, sous ses yeux.

Tout homme est un chemin qui revient sur ses pas. Toute femme aussi, mais son chemin est moins tortueux et elle en change rarement.

Épilogue

L'histoire aurait pu s'arrêter là mais, la vie appelant la vie, un petit village a commencé à pousser, au bout de plusieurs saisons, sur le mamelon pentu. Zazo et les jumeaux ont chacun pris femme et les ventrées se sont succédé. Pour ne rien arranger, une nuée de pauvres hères s'est abattue un matin sur le site, après une guerre sanglante entre deux royaumes celtes, des Cavares et des Tricastins. Eux aussi se sont reproduits comme des lapins.

Ce ne sont pas les enfants qu'Amros a fuis. C'est plutôt la profusion annoncée. Les parlotes et les chamailleries afférentes. Avec Aure, il a décidé de s'éloigner du monde des humains pour se rapprocher de l'autre, le vrai, celui qu'on ne laisse jamais assez s'exprimer au-dedans de soi. Ils sont allés nicher dans une grotte en surplomb, tout près d'une source qui saigne à flanc de montagne, et ils ont continué à vivre en essayant de ne faire de mal à aucune autre vie, avec cette espèce de sagesse que procure l'amitié d'un argousier, d'un paysage, d'une perdrix, d'une touffe de thym.

Ils ont renoncé à tout, fors l'amour qu'ils dispensent à la ronde, notamment aux sangliers qui viennent fouger sur les plateaux, à la recherche de racines ou de truffes noires. Ils conversent volontiers avec eux comme avec les fourmis, les papillons et tous ces peuples qui, là-haut, laissent respirer le silence, du moins les jours où le vent fait sa nuit.

De temps en temps, surtout l'hiver, quand le froid devient mordant, ils descendent au village pour échanger des graines et des fromages contre du miel ou les plantes bienfaitrices qu'ils ont ramassées sur les faîtes. Pour dissiper cette fatigue frileuse qui s'insinue partout pendant les gelées, ils proposent ainsi des bouillies de thym, de gentiane, de sarriette et de lavande. Ils ont un remède pour chaque mal.

Et puis, un hiver, on ne les a plus revus. Contrairement aux autres êtres vivants, les humains ont la faiblesse de vouloir tous leur petite âme à eux. Ils refusent de se fondre dans la grande âme cosmique. Amros et Aure avaient décidé de se mélanger à elle. C'est ainsi qu'ils étaient devenus ce que nous serions tous si les vanités et les apparences ne nous obscurcissaient l'esprit. Un rien qui a débouché sur l'infini. Un mélange de terre et d'étoile que les vers et les racines attendaient, avec impatience, de réintroduire dans le cycle de la vie.

Ils n'ont pas complètement disparu pour autant. Certains jours, si on prête bien l'oreille, on peut les entendre dans le vent, au milieu du bruit des vagues qu'il rapporte du bout de l'horizon. Ils sont la voix du huitième prophète, celui que nous sommes tous, plus ou moins. C'est elle qui nous parle quand nous écoutons la rumeur du monde.

Composition CMB Graphic.
Achevé d'imprimer
sur Roto-Page
par l'Imprimerie Floch
à Mayenne, le 21 avril 2008.
Dépôt légal : avril 2008.
Numéro d'imprimeur : 71037.

ISBN 978-2-07-012149-6 / Imprimé en France.

159562